Le sultan Misapouf

Claude-Henri de Fusée de Voisenon

•••

Claude-Henri Fuzée de Voisenon (1708-1775) a écrit des chansons grivoises, madrigaux, fééries et comédies. Ordonné prêtre, il acquit pourtant une réputation de légèreté ; il appréciait les mondanités et le confort. Voisenon publia en 1786 ce conte gaillard : Le Sultan Misapouf et la princesse Grisemine ou les Métamorphoses.

Le sultan Misapouf

Discours préliminaires

Vous m'avez non seulement demandé, madame, un conte de fées, vous avez même exigé qu'il fût fait avant mon retour à Paris ; vous m'avez de plus ordonné d'éviter toute ressemblance avec tous ceux qui paraissent depuis quelque temps. Croyez-vous, madame, qu'il soit aussi facile de vous donner un conte de fées d'un tour neuf et d'un style moins commun que celui qui semble affecté à ces sortes d'ouvrages, qu'il est aisé à Messieurs les auteurs des Étrennes de la Saint-Jean et des Œufs de Pâques[1], d'ajouter chaque jour un nouveau chapitre à ces chefs-d'œuvre d'esprit et de bon goût ? Quoi qu'il en soit, l'obéissance étant une vertu que votre sexe préfère peut-être à toutes les autres, je me suis mis à l'ouvrage, et je vous envoie tout ce que j'ai pu tirer de mon imagination. Vous vous apercevrez, par le ton différent qui règne dans le cours de ce petit ouvrage, que mon imagination a peu de suite et change souvent d'objet. Elle dépend si fort de ma santé et de la situation de mon esprit, que tantôt elle est triste, tantôt bizarre, quelquefois gaie, brillante ; mais, en général, toujours mal réglée, et ayant peu de suite. Par exemple, le commencement de ce conte est singulier, le récit du sultan est vif, naïvement conté, et, je crois, assez plaisant jusqu'au désenchantement de la princesse. Trop est trop. L'épisode du bonze Cérasin fournit encore un plus grand comique. Mais tout à coup arrive une description d'un temple et des différents cintres qui le

---

1   Ces écrits collectifs proviennent de la Société du Bout du Banc, qui réunissait gens de lettres et gens du monde.

composent ; cet endroit, auquel on ne s'attend pas, est, ce me semble, intéressant ; c'est, dommage qu'il ne m'ait pas été possible de faire dire tout cela à un autre qu'au sultan Misapouf, qui véritablement doit être étonné lui-même de tout ce qu'il débite de beau, et de la délicatesse des sentiments que je lui donne tout à coup.

Les métamorphoses qui suivent la fin de l'enchantement de la princesse ne produisent rien de vif ni de bien piquant ; mais le sultan ayant annoncé au commencement de son histoire qu'il a été lièvre, lévrier et renard, il a bien fallu lui faire tenir sa parole. S'il ne lui est rien arrivé de plaisant sous les deux premières formes, c'est, en vérité, la faute de mon imagination. Et du peu de connaissance que j'ai de la façon de vivre et de penser de messieurs les lièvres : comme renard, il devait sans doute étaler toute la souplesse et la ruse qu'on attribue à cette espèce d'animal.

Au lieu de cela, je lui fais préférer une petite poule à une douzaine de gros dindons. Cette bévue, si peu digne d'un renard avisé, produit une catastrophe qui fait honneur à nos plus grands romans, et que le ton de ce conte ne promet sûrement pas. À l'égard de l'histoire de la sultane, je n'entreprendrai ni de la justifier ni d'en faire la critique. Elle est moins originale que celle de Misapouf ; et par là elle plaira moins à certaines gens, et sera plus du goût de beaucoup d'autres. Pour moi, je vous avouerai que j'en fais moins de cas que de celle du sultan, et que ce n'est pas ma faute si elle diffère de genre, de style, et de ton. Pourquoi est-elle venue la dernière ? Mon imagination s'est épuisée en faveur de Misapouf, et j'ai été obligé d'avoir recours à ma mémoire, pour me tirer de cette dernière histoire. Je souhaite que le tout ensemble puisse vous amuser un moment. Je serai suffisamment payé de ma peine et de mon travail. Vous trouverez sans doute que ce conte est un peu libre ; je le pense moi-même ; mais ce genre de conte étant aujourd'hui à la mode, je profite du moment, bien persuadé qu'on reviendra de ce mauvais goût, et qu'on préférera bientôt la vertu outrée de nos anciennes héroïnes de romans à la facilité de celles qu'on introduit dans nos romans modernes.

Il en est de ces sortes d'ouvrages, comme des tragédies, qui ne sont pas faites pour être le tableau du siècle où l'on vit. Elles doivent peindre les hommes tels qu'ils doivent être, et non tels qu'ils sont. Ainsi ces contes peu modestes, où l'on ne se donne pas souvent la peine de mettre une gaze légère aux discours les plus libres, et où l'on voit à chaque page des jouissances finies et manquées, passeront, à coup sûr, de mode avant qu'il soit peu.

Vous serez étonnée qu'avec une pareille façon de penser je me sois livré si franchement au goût présent, et que j'aie même surpassé ceux qui m'ont précédé dans ce genre, que je désapprouve ; mais, je vous le répète, c'est moins pour me conformer à la mode que pour profiter du temps où elle est en règne, et ruiner, s'il est possible, ceux qui voudront écrire après moi sur un pareil ton. Le conte que je vous envoie est si libre et si plein de choses qui toutes ont rapport aux idées les moins honnêtes, que je crois qu'il sera difficile de rien dire de nouveau dans ce genre. Du moins je l'espère ; j'ai cependant évité tous les mots qui pourraient blesser les oreilles modestes ; tout est voilé mais la gaze est si légère que les plus faibles vues ne perdront rien du tableau.

Première partie

« Ah ! dit un jour en soupant le sultan Misapouf, je suis las de dépendre d'un cuisinier, tous ces ragoûts-là sont manqués ; je faisais bien meilleure chère quand j'étais renard.

— Quoi, seigneur, vous avez été renard ! s'écria en tremblant la sultane Grisemine.

— Oui, madame, répondit le sultan.

— Hélas ! dit Grisemine en laissant échapper quelques larmes, ne serait-ce point Votre Auguste Majesté qui, pendant que j'étais lapine, aurait mangé six lapereaux, mes enfants ?

— Comment, dit le sultan, effrayé et surpris, vous avez été lapine !

— Oui, seigneur, répliqua la sultane, et vous avez dû vous apercevoir que le lapin est un mets dont je m'abstiens exactement : je craindrais toujours de manger quelques-uns de mes cousins ou neveux.

— Voilà qui est bien singulier, repartit Misapouf ; dites-moi, je vous prie, étiez-vous lapin d'Angleterre ou de Caboue ?

— Seigneur, j'habitais une garenne de Norvège, répondit Grisemine.

— Ma foi, dit le sultan, j'étais un renard du Nord, et il se peut sans miracle que ce soit moi qui aie mangé vos six enfants ; mais admirez la justice divine, j'ai réparé ce crime en vous faisant six garçons, et je vous avouerai sans fadeur que malgré ma gourmandise et mon goût pour les lapereaux, j'ai eu plus de plaisir à faire les uns qu'à manger les autres.

— Seigneur, vous êtes toujours galant, répliqua Grisemine, cela me fait espérer que Votre Sublime Majesté voudra bien me raconter ses aventures.

— Volontiers, dit le sultan ; mais à charge de revanche. Je commence par vous avertir que mon âme a passé dans le corps de plusieurs bêtes, non par transmigration, c'est un système de Chacabou auquel je ne crois pas ; c'est par la malice d'une injuste fée que tout cela m'est arrivé. Avant d'entrer en matière, je crois devoir détruire cette pernicieuse doctrine de la métempsycose.

— Seigneur, dit la sultane, cela est inutile, votre érudition serait en pure perte, je n'y comprendrais rien, je crois sur votre parole la métempsycose une erreur ridicule : dites-moi seulement quelles sortes de bêtes vous avez été.

— À la bonne heure, dit le sultan. Premièrement j'ai été lièvre, ensuite lévrier, puis renard, et je dois, dit-on, finir par être un animal que je ne connais point, qu'on appelle capucin.

— Seigneur, dit la sultane, Votre Savante Majesté n'a-t-elle jamais vu son âme éclipsée sous la forme de quelque être inanimé ?

— Oui, sans doute, répliqua Misapouf, j'ai été baignoire.

— C'est, je le vois, la conformité de nos destinées, reprit Grisemine, qui nous a unis : j'ai passé comme vous par bien des formes différentes, j'ai d'abord été barbue.

— Mais vous ne l'êtes pas mal encore, dit le sultan.

— Vous êtes bien poli, seigneur, répondit Grisemine ; j'ai donc été barbue et lapin.

— Vous nous conterez tout ce qui vous est arrivé sous ces deux métamorphoses, dit le sultan. Vous m'avez demandé mon histoire : écoutez-la, si vous pouvez, sans m'interrompre. »

Histoire du sultan Misapouf

« Je ne sais si vous avez entendu parler du Grand Hyaouas, qui était de l'illustre famille de Lâna.

— Oui, seigneur, dit Grisemine, ce fut lui qui conquit les royaumes de Laüs, de Tonquin et de Cochinchine, desquels est sorti l'empire de Gânan.

— Vous avez raison, répondit Misapouf, et pour une sultane cela s'appelle savoir l'Histoire.

« Le célèbre Tonclukt était descendu de cet Hyaouas, et moi je suis arrière-petit-fils de ce Tonclukt. Tout cela ne fait rien, me direz-vous, à mes aventures : d'accord ; mais j'ai été bien aise de vous dire un mot de ma généalogie, pour vous faire voir que dans ma maison nous ne sommes pas renards de père en fils.

« Mon père était un petit homme gros et court ; sa taille était l'image de son esprit, de sorte que les sourds pouvaient juger de son esprit par sa taille, et les aveugles de sa taille par son esprit. Je n'en dirai pas davantage, parce que je pourrais m'échapper, et il ne faut pas mal parler de son père, quand on veut vivre longtemps…

« Mon père donc devint amoureux d'une princesse qui avait les cheveux crépus et l'âme sensible : ces deux choses-là, dit-on, se suivent ordinairement. Cette sensibilité en question me fit naître quelques mois avant leur mariage ; je n'en fus cependant pas plus heureux, et vous verrez par mes aventures que j'ai fait mentir le proverbe. La première femme de mon père, qui avait les cheveux blonds, et qui était aussi vive que si elle les avait eus crépus, informée de ma naissance par quelques-uns de ces méchants esprits de cour, au lieu de se venger en se faisant faire un enfant légitime par un autre que son mari, s'avisa de me prendre en guignon, et pria la fée Ténébreuse d'honorer de sa protection l'antipathie qu'elle avait pour moi. Cette vilaine fée, qui avait le caractère de la couleur de son nom, promit de me mener beau train, et jura que je ne serais sultan qu'après avoir délivré deux princesses de deux enchantements les plus extraordinaires du monde et les plus opposés. Ce n'est rien encore que cette terrible nécessité : il fallait, pour être quitte de sa haine, que j'étranglasse mes amis, mes parents, et mes maîtresses. »

Grisemine frissonna à cet endroit de la narration du sultan ; il s'en aperçut, et lui dit :

« Ne craignez rien, madame, tout cela est fait. Il fallait outre cela que je mangeasse une famille entière dans un seul jour. Vous m'avouerez qu'il faut être enragée pour inventer une pareille destinée en faveur d'un honnête homme.

« Ma propre mère, loin de me plaindre, parut envier le sort qui m'était réservé, et dit : "Voilà un petit garçon trop heureux, il verra bien des choses." J'avais à peine quinze ans, lorsqu'elle me remit entre les mains de la fée Ténébreuse, pour commencer le cours de mes singulières aventures. "Petit bonhomme, me dit la fée, vous ignorez les obligations que vous m'allez avoir ; s'il est vrai que la connaissance du monde forme l'esprit, il n'y aura personne de comparable à vous." Je voulus lui témoigner ma reconnaissance. "Trêve de compliments, me dit-elle, ne me remerciez pas d'avance, je vais vous mettre en état de commencer votre brillante carrière." En finissant ces mots, elle me toucha de sa baguette, et je devins une baignoire. Ce premier bienfait me surprit, je l'avoue. Sous ma nouvelle forme je conservais, pour mes péchés, la faculté d'entendre, de voir et de penser. La fée appelle ses femmes et leur dit : "Lâchez les robinets !" Dans l'instant je me sentis inondé d'eau chaude, j'eus une telle frayeur d'être brûlé tout vif qu'il m'est toujours resté depuis ce temps-là une aversion singulière pour l'eau chaude, et même pour l'eau froide. Quand j'eus un peu repris mes sens, j'entendis la fée dire d'un ton aigre : "Qu'on me déshabille !" Cet ordre fut exécuté promptement et je ne tardai pas à me voir chargé d'un poids énorme.

Mes yeux, dont la fée par malice m'avait conservé l'usage, me firent connaître que ce fardeau était un gros derrière noir et huileux appartenant à la fée…

— Seigneur, dit Grisemine en interrompant le sultan, cette fée était bien dépourvue d'amour-propre, il me semble que…

— Il vous semble, reprit Misapouf, fâché d'avoir été interrompu, que toutes les femmes doivent avoir autant d'amour-propre que vous en avez, et en cela vous avez tort ; la méchanceté l'emporte en elles sur tout autre sentiment, et je suis certain que si la fée eût pu trouver un plus vilain derrière que le sien, elle n'eût pas manqué de l'emprunter pour me faire enrager. Quoi qu'il en soit, elle fit durer mon supplice une heure et demie ; mon esprit devait commencer à se former, car en peu de temps je vis bien du pays. » Misapouf, regardant la sultane à ces mots, s'aperçut qu'elle se mordait les lèvres pour s'empêcher de rire.

« Je crois, madame, lui dit-il, que mes malheurs, loin de vous toucher, vous donnent envie de rire.

— Il est vrai, seigneur, répondit Grisemine, j'ai peine à vous cacher la joie que je sens en voyant qu'ils sont finis.

— Ma foi, c'est s'en retirer avec esprit, répliqua le sultan. Je ne vous ai fait cette question embarrassante que pour vous donner occasion de briller. Enfin la fée sortit du bain. Je goûtais à peine la satisfaction d'en être délivré, que je l'entendis ordonner à son maudit eunuque noir de se baigner dans sa même eau… »

Le sultan, s'interrompant à cet endroit, dit à Grisemine :

« Savez-vous, madame, exactement comment est fait un eunuque noir ?

— Seigneur, lui répondit Grisemine, il n'y a point de ces gens-là parmi les lapins, et je n'ai, que je sache, jamais vu d'autre homme en déshabillé que Votre Sublime Majesté.

— Cela n'est pas trop vraisemblable, dit le sultan. Quoi qu'il en soit, vous saurez que c'est la plus vilaine, la plus dégoûtante chose qu'on puisse envisager. Je fus si frappé d'horreur à l'aspect de ce monstre que je m'évanouis. Heureusement qu'une baignoire ne change pas de visage. Ainsi on ne s'en aperçut point ; je ne revins que pour voir ce détestable objet faire mille impertinences pour amuser les femmes de la fée. Si je veux jamais beaucoup de mal à quelqu'un, je lui souhaiterai d'être eunuque noir.

— Pourquoi pas de devenir baignoire ? dit la sultane.

— Parbleu ! madame, avec tout votre esprit, vous n'êtes qu'une sotte ! répliqua le sultan ; une baignoire comme vous le savez par expérience, peut devenir homme ; il n'en est pas de même d'un eunuque.

— Votre Majesté a raison, reprit Grisemine, c'est moi qui ai tort ; mais oserais-je vous demander, seigneur, combien de temps vous avez demeuré sous cette métamorphose ?

— Huit jours, madame, dit le sultan, qui me parurent huit ans ; le neuvième, la fée me rendit ma figure humaine, en me disant : "Mon enfant, je suis contente de vous, vous avez bien fait votre métier de baignoire ; je crois que vous n'êtes pas fâché de tout ce que je vous ai fait voir en si peu de temps. Allez, poursuivez vos brillantes aventures, et souvenez-vous de moi." Me croyant dispensé d'un remerciement, je lui tournai le dos et je la quittai promptement. Je courais à travers champs comme un fol, m'imaginant toujours avoir la physionomie d'une baignoire : j'usai deux douzaines de mouchoirs à force de m'essuyer le visage. Sur le soir je me trouvai dans une forêt, j'aperçus une fontaine et une assez belle femme qui se baignait : ce spectacle d'eau et de bain, me rappelant mes malheurs, me fit prendre la fuite sur nouveaux frais, malgré les cris de la dame qui me répétait de toutes ses forces : "Arrêtez ! chevalier, la fée aux Bains vous en conjure." Ces mots me firent redoubler ma course. "Ah ! cruel, continua-t-elle, puisque tu ne veux pas m'entendre, cours au moins délivrer le nez de mon mari !" Vous croyez bien que c'est de quoi j'étais fort peu tenté ; j'étais trop satisfait d'avoir délivré le mien pour m'embarrasser de celui d'un autre. Au bout d'une heure d'une marche fatigante, je m'arrêtai et je ne tardai pas, malgré mon inquiétude, à m'endormir. Au point du jour je fus réveillé par un bruit qu'un reste de sommeil me faisait paraître éloigné ; je sentis en même temps une main qui défaisait mon pourpoint et me prenait le petit doigt : j'entendis une voix douce qui disait : "Je n'en ai jamais vu un si petit, j'espère qu'il pourra délivrer ma fille." J'ouvris tout à fait les yeux et j'aperçus une princesse d'une beauté à laquelle on ne peut comparer que la vôtre. Elle était dans un palanquin, entourée d'un grand nombre de gardes, montés sur des chameaux : elle me fit monter dans sa voiture et me plaça à sa gauche. Je pensai tomber à la renverse en découvrant la figure exorbitante qui était à sa droite ; c'était un homme ou plutôt un démon qui avait dix pieds neuf pouces de haut. Je crus d'abord que c'était le Colosse de Rhodes ; je levai les yeux pour le considérer, comme si j'avais voulu examiner les étoiles ; je l'aperçus qui jetait sur moi des regards dédaigneux et moqueurs. Je regardai ensuite la princesse. Elle m'honora d'un sourire admirable, qui est toujours demeuré gravé dans ma mémoire. Vous m'en avez souvent rappelé le souvenir, madame, et ne vous en êtes pas mal trouvée. Je reviens à mon géant : j'eus peur pour la princesse qu'il ne fût son mari ; c'eût été un meurtre, j'étais bien persuadé qu'il n'était pas son amant. Je ne pus résister à ma curiosité. Je lui demandai à l'oreille si c'était là monsieur son mari :

« — Non, dit-elle.

« — Au moins, continuai-je, vous n'avez aucun dessein sur lui, ce n'est point un prétendant ?

« — Non, répondit-elle encore.

« — Ne serait-ce point, lui dis-je, le chef de vos eunuques ?

« Il fallait que cet animal de géant eût l'oreille aussi fine qu'elle était grande, car je parlais très bas ; cependant il m'entendit et me donna un coup de pouce sur la joue qui me jeta à la renverse sans connaissance…

— Seigneur, dit la sultane, cela pourrait s'appeler un soufflet.

— Eh ! vous n'y pensez pas, madame, répondit Misapouf, un soufflet se donne avec toute la main.

— Je vois bien que je me trompais, dit Grisemine.

— Mais vraiment c'est un de vos talents ! répliqua le sultan.

« La princesse me pinça, me chatouilla pour me faire revenir, tout fut inutile ; elle trouva un ruisseau et me répandit une telle quantité d'eau sur le visage que j'ouvris les yeux avec un effroi terrible. Je crus fermement que j'étais encore transformé en baignoire. Après m'être remis de mon trouble, j'imaginai devoir dire à mon donneur de coups de pouce :

« — Monsieur, voilà une fort mauvaise plaisanterie.

« — Petit bonhomme, me répondit-il, c'est pour vous apprendre à demander si je suis eunuque.

« — Ignorez-vous, ajouta la princesse, que de soupçonner quelqu'un d'être de ces gens-là, ou quelque chose d'approchant, c'est lui faire une offense cruelle ? Ainsi vous auriez dû vous dispenser d'une semblable question sur le compte du seigneur Zinpuziquequoazisi.

« — Ah ! bon Dieu, dis-je en moi-même, voilà un nom qui est aussi grand que lui.

« — Je vois bien, princesse, poursuivis-je, que monsieur est de vos amis.

« — Non, me répondit-elle, je ne le connais que depuis une heure, et il n'a d'autre avantage sur vous que celui de m'avoir appris son nom.

« — Le mien, dis-je alors, chargera moins votre mémoire. Je m'appelle Misapouf tout court.

« — Vous en avez bien l'air, me dit le géant.

« Je ne répondis point à cette agréable plaisanterie, pour éviter une nouvelle querelle.

« — Je vais vous apprendre, me dit la princesse, ce qui vous procure le hasard de me voir ; il faut pour cela vous faire une partie de mon histoire. Je suis la reine Zémangire : mon mari est roi de ces vastes forêts, et c'est pour cela qu'il se nomme le roi Sauvage. Son bonheur aurait été parfait, s'il n'eût pas été traversé par la fée Ténébreuse.

« — Que je le plains, madame ! vous connaissez cette…

« — Doucement, morbleu, dit le géant, n'en dites pas de mal, car je suis son fils.

« — Ce n'est pas ce que vous faites de mieux, reprit la reine.

« Ce trait-là me fit voir qu'elle avait beaucoup d'esprit.

« — Mais puisque vous êtes le fils de la fée Ténébreuse, continua la princesse, faites-moi raison des deux enchantements qu'elle a faits contre mes filles.

« — Quels sont ces enchantements ? demanda le géant. Ma chère mère ne m'instruit pas de tout ce qu'elle fait ; je ne suis encore ni magicien ni génie.

« — Pour le dernier, on le voit bien, dit la reine en souriant. Je vais vous informer du malheur de mes deux filles et de ce qui l'a causé. La fée Ténébreuse devint amoureuse de mon époux.

« — Cela ne me surprend point, dit le géant, on dit qu'elle est sujette à cela.

« — Je crois, continua la princesse, qu'elle est aussi fort sujette à n'être pas aimée. Le roi, qui me chérit de toute son âme, reçut très mal sa déclaration et les avances qu'elle lui fit : il lui représenta qu'elle n'était ni d'âge ni de figure à pouvoir le rendre infidèle. "Puisque tu es assez sot, dit la fée, pour refuser mes faveurs, je m'en vengerai. La reine est grosse, elle accouchera de deux filles ; tu ne pourras les marier que lorsque tu auras trouvé pour chacune un petit doigt convenable à ces deux anneaux que tu vois et que je leur destine : il y en a un aussi petit que l'autre est prodigieux, il dépendra de moi de les placer et de les distribuer comme je le jugerai à propos." La prédiction de la fée fut accomplie ; je mis au jour deux filles : l'une devint grande, belle et bien faite ; l'autre resta d'une petitesse excessive. La fée, qui leur a fait présent des deux anneaux en question, n'avait eu aucun égard à la différence de leurs tailles ; elle avait, au contraire, pris plaisir à contrarier la nature ; elle usurpa encore le droit de les nommer, et, conséquemment à la bizarrerie de ses dons, elle appela ma grande fille Trop est trop ; et l'autre, la princesse Ne vous y fiez pas. Depuis que mes filles sont en âge d'être mariées, elles en ont autant d'envie que si elles avaient un anneau fait comme les autres. Il s'est présenté plusieurs partis pour la princesse Ne vous y fiez pas, mais inutilement. Je vous confierai cependant que ce qui augmente mon chagrin, c'est que je crois grosse à présent.

« — Eh bien, dis-je, tant mieux. En voilà déjà une de mariée, il ne s'agit plus que de trouver un parti à l'autre ; le seigneur Zinpuziquequoazisi sera son affaire.

« — Hélas ! je ne suis pas si heureuse, reprit la reine en versant quelques larmes, ce sont deux petits princes de trois pieds et deux pouces ou plus, qui ont déshonoré ma fille Ne vous y fiez pas, et qui ont ensuite disparu. J'ai consulté l'oracle, il m'a répondu qu'il n'y avait qu'un certain nez qui fût capable de découvrir ces princes, que ce nez-là en pâtirait, et qu'il n'y aurait qu'un géant qui pourrait délivrer ce nez, et que la grande princesse était destinée au prince porteur du plus petit doigt du monde. Je n'ai pas encore rencontré le nez qui nous est nécessaire ; mais en attendant j'ai trouvé son libérateur dans la personne du seigneur Zinpuziquequoazisi, et le fait du petit anneau dans la personne de Misapouf tout court.

« La bizarrerie de ces enchantements et la curiosité si naturelle qu'on a de voir des choses extraordinaires triomphèrent de la répugnance que je sentais à me rendre à la cour du roi Sauvage. Nous y arrivâmes au bout de quelques heures.

« — Seigneur, dit Zémangire au roi son époux, voilà deux personnages que j'ai rencontrés, dont les petits doigts pourront convenir aux deux anneaux enchantés ; il n'y a qu'un nez que je n'ai pu vous amener.

« — Oh ! répondit le roi, ne soyez point inquiète du nez, il est dans son étui. Depuis votre départ, il est arrivé des choses bien singulières à la princesse Ne vous y fiez pas. Vous savez la faiblesse qu'elle avait pour ces deux petites marionnettes de princes : c'est sans doute à cause de sa facilité que la fée Ténébreuse l'a nommée Ne vous y fiez pas.

« — Je m'en suis doutée, dit la reine, lorsque je l'ai vue grosse.

« — C'est avoir bien de la pénétration, continua le roi ; mais vous auriez mieux fait de vous en douter auparavant. Je n'ai jamais vu une femme si prodigieusement grosse, son ventre touche à son menton ; ce qui vous surprendra encore plus, c'est qu'on entend parler distinctement dans son ventre ; je crois, en vérité, qu'elle accouchera d'un régiment de Lilliputiens.

« — Seigneur, ce que vous racontez est incroyable, reprit la reine.

« — C'est un fait, madame : votre accoucheur a voulu examiner de près ce phénomène, on lui a jeté au visage une grêle de noyaux de cerises dont un l'a malheureusement éborgné.

« — Monsieur, dit la reine, il faut que la tête vous ait tourné pendant mon absence.

« — Eh ! non, madame, encore un coup, reprit le roi avec aigreur, vous me feriez donner au diable avec vos doutes.

« — Ah ! j'ai tort, répondit Zémangire, de ne pas croire bonnement que ma fille est grosse d'un cerisier.

« — Eh ! qui diable vous dit cela, madame ? Il n'est question que de mangeurs de cerises et des noyaux qu'ils jettent. Le grand bonze Cérasin, continua le roi, a offert des sacrifices au Pagode, il est venu prêter l'oreille où vous savez, pour s'assurer par lui-même si on entendait réellement des conversations suivies dans le ventre de ma fille.

« — Eh ! je gage, dit la reine, qu'on n'y disait pas un mot.

« — Pas un mot ! répliqua le roi, voilà comme vous êtes toujours, madame, vous doutez de tout. On y jouait aux échecs, et on y disputait vivement : C'est là mon pion, c'est là le mien, échec à la dame, vous êtes échec et mat. Eh bien, qu'avez-vous à répondre à cela ?

« — Mais, répondit la reine, que ma fille fait bien de s'y prendre de bonne heure pour faire enseigner tous les jeux à ses enfants.

« — Le bonze surpris, comme vous croyez bien, poursuivit le roi, approchait de plus en plus sa grande oreille. Apparemment qu'elle ôtait le jour aux joueurs ; car on la lui a pincée si fort qu'il a pris la fuite, en criant comme un enragé. Il est arrivé sur ces entrefaites un chevalier au grand nez. Tout ce que la renommée publiait sur le compte de mes deux filles avait excité sa curiosité, il venait de fort loin pour la satisfaire. Comme je me crois obligé de faire les honneurs de ma maison, je l'ai mené le même jour de son arrivée chez la princesse Ne vous y fiez pas ; il s'est approché fort près de l'endroit en question : mais quelle a été sa surprise et la nôtre lorsque nous avons vu son pauvre nez pris comme dans un piège ! Il a eu beau crier, on n'a point lâché prise, et il y est encore retenu au moment que je vous parle. Tous les étrangers qui passent dans la ville vont le voir pour la rareté du fait, et la princesse leur dit en riant : "Ne le plaignez pas, messieurs ; voilà ce qui arrive à ceux qui mettent leur nez où ils n'ont que faire."

« — C'est sans doute ce nez-là, dis-je, qu'on m'a prié de délivrer.

« — Cet honneur, répondit la reine, ne peut regarder que le seigneur Zinpuziquequoazisi, puisque, selon l'oracle, il n'y a qu'un géant qui puisse en venir à bout ; mais transportons-nous sur les lieux pour mieux examiner la chose.

« — C'est bien pensé, dit le roi.

« Nous allâmes donc chez la princesse Ne vous y fiez pas ; je la pris en aversion au premier coup d'œil, je vis une très petite femme qui tenait emprisonné un fort grand chevalier ; on n'apercevait point le visage de ce malheureux chercheur d'aventures ; il était couvert par l'anneau, au travers duquel avait passé son pauvre nez qui était la partie souffrante.

« — Seigneur Chevalier, dit le roi, j'espère que nous allons enfin briser vos fers ; nous avons trouvé un petit doigt plus gros que votre nez.

« — Eh bien, seigneur, dit aussitôt le prisonnier (en parlant du nez comme vous croyez bien), faites-moi l'honneur de le mesurer et de le comparer avec cet auguste et magnifique petit doigt.

« — Non, parbleu, je ne le souffrirai pas, dit le géant ; mais voyez cet impertinent avec son fichu nez !

« — Il faudra bien, répliqua le roi, que de gré ou de force vous nous prêtiez le meuble dont nous avons besoin.

« — C'est ce que nous verrons, répondit le géant, en cachant ses mains dans ses culottes.

« La reine interrompit cette conversation, qui commençait à devenir un peu aigre.

« — Je sais le respect que je vous dois, dit-elle au roi ; mais avec votre permission, vous n'avez pas le sens commun, vous n'avez pas compris l'oracle, ou il se contredit. Comment voulez-vous que le plus énorme petit doigt qui se soit vu convienne à cette princesse, et qu'en même temps elle épouse le petit Misapouf ?

« — Mon Dieu, madame, cela se voit tous les jours. Ne dirait-on pas qu'on observe exactement les proportions de ceux qu'on marie ?

Le seigneur Misapouf sera dans le cas de bien d'autres maris.

« À ce mot de Misapouf on entendit deux voix souterraines qui criaient :

« — Eh, bonjour, mon cher cousin Misapouf, comment va votre santé ?

« — Qu'est-ce que cela signifie ? dis-je à la princesse. Je crois, madame, que votre personne sert de logement à mes cousins. Voyons un peu de près ce qui en est.

« — Ne vous y fiez pas, ne vous y fiez pas, s'écrièrent encore les deux voix.

« — Eh bien, leur criai-je de mon côté, je sais que c'est le nom de la princesse que l'on veut me faire épouser.

« — Gardez-vous-en bien, dirent-ils plus haut, ne vous y fiez pas.

« Pendant cette conversation je voyais la princesse rougir et pâlir successivement.

« — Hélas ! dit-elle en s'adressant à moi, vos deux petits cousins Colibry et Nyny m'ont abusée ; ils se sont enfuis après m'avoir fait les enfants qui ont l'honneur de vous parler.

« — Elle vous trompe, cria de toute sa force Colibry, elle dit qu'elle est grosse, pour sauver sa réputation ; mais il n'en est rien. Voici le fait : nous imaginions, mon cousin et moi, que cette petite princesse était porteuse du petit anneau. Comme nous étions sûrs d'être porteurs du petit doigt (vous savez, mon cousin, que c'est un mal de famille), nous crûmes donc pouvoir la désenchanter. Nous courûmes tous deux avec une vitesse égale, et nous entrâmes tout entiers dans l'anneau prodigieux de cette petite créature. Voilà pourquoi la fée l'a nommée la princesse Ne vous y fiez pas.

« Ah ! qu'il y a de petites femmes dans le monde, dit le roi, qui mériteraient un pareil nom ! Nous voilà éclaircis, c'est le seigneur Géant qui doit délivrer le nez et épouser la princesse.

« Il s'en défendit d'abord, et soutint que cela était impossible, attendu la différence de taille. La princesse Ne vous y fiez pas lui dit qu'il fallait au moins essayer, qu'on verrait ensuite à prendre un parti. Il se laissa persuader, on les enferma ensemble, et je fus conduit chez sa sœur ; je fus surpris de sa grandeur, elle avait près de six pieds, cependant, elle n'en était pas moins belle et agréable.

« — Merveille de nos jours, lui dis-je, en lui serrant tendrement le bout du pied gauche, est-il possible que je sois l'heureux mortel destiné à !…

« — Prince, répondit-elle, je souhaite de tout mon cœur que vous veniez à bout d'une entreprise si difficile.

« Dans cet instant je vis entrer le grand bonze Cérasin entouré de tous les bonzes du pays : il tenait dans ses mains un livre couvert de plaques d'or. Après nous avoir fait, ainsi que son cortège, une profonde révérence, il récita quelque chose, moitié bas, moitié haut, lut dans ce livre, et s'adressant à moi, il me tint ce discours :

« — La princesse va se placer sur ce sopha, alors vous pourrez tenter l'aventure qui vous est réservée. Une pareille fortune n'arrivera jamais à un pauvre prêtre ; mais il faut se soumettre à la volonté du sort. Je dois vous avertir d'une chose essentielle, c'est de ne rien forcer à l'anneau de la princesse ; car la fée a mis une si grande correspondance de la personne avec l'anneau, que les efforts que vous feriez maladroitement feraient souffrir une douleur horrible à la princesse. Je dois être présent à cette épreuve. J'observerai les yeux et les mouvements de la princesse, et suivant ce que je verrai, je vous avertirai de vous arrêter ou de poursuivre.

« En finissant ces mots, il me fit signe que je pouvais commencer. Je voulus suivre ce conseil sans perdre de temps ; mais je crois que la fée avait enchanté mon petit doigt, car il grossissait à mesure que je l'approchais de l'anneau ; cela m'inquiéta, cependant je tentai l'aventure. Dès le premier effort la princesse dit : « Vous me faites mal. » Cérasin aussitôt me cria : "Arrêtez-vous donc, n'entendez-vous pas que la princesse dit : Vous me faites mal ?" Malgré cet avertissement je fis une seconde tentative un peu plus forte.

« — Ah ! je n'en puis plus, dit la princesse.

« — Voulez-vous bien n'être pas si brutal, maudit nain que vous êtes ! me cria encore le grand bonze.

« Malgré cette seconde remontrance, je crois que j'allais triompher, lorsque tout à coup mon petit doigt, qui s'était gonflé d'une manière étonnante, redevint dans un état tout contraire. Je m'arrêtai, fort surpris de ce changement.

« — Allons donc, dit Cérasin, la princesse se morfond, est-elle faite pour attendre votre commodité ? Qu'est-ce que ce petit paresseux ?

« Pendant tout ce dialogue, mon petit doigt redevint tel qu'il était un moment auparavant. Je profitai de l'instant, la princesse fit un cri douloureux, et puis dit en soupirant : "Ah ! mon ami, vous m'avez tuée !" Ce mot d'ami me fit plaisir, il me parut venir d'un bon caractère : je fis de nouveaux efforts ; mais ils étaient inutiles. La princesse dit en me regardant tendrement : "Le charme est rompu." Le grand bonze répéta en chœur avec tous ses satellites : "Gloire soit au petit doigt de Misapouf, le charme est rompu." Je fus au comble de la joie ; je vous avouerai que depuis ce fortuné moment je n'ai point peur des grandes femmes. Je me défie beaucoup plus des petites. La nature sur cet article est presque aussi bizarre que la fée Ténébreuse, elle se plaît à faire le contraire de ce que la raison semble exiger :

« J'étais dans l'ivresse de ma victoire, lorsque la maudite fée Ténébreuse descendit dans son char des brouillards. "Taisez-vous, prêtrailles, s'écria-t-elle, je vais vous apprendre à chanter des hymnes à mon préjudice." Elle dit, et toucha de sa baguette Cérasin et ses grands-vicaires ; ils tombèrent les uns sur les autres ; mais en se relevant, ô surprise ! ô spectacle effrayant ! je les vis et ne les reconnus pas ; leurs bouches étaient transformées en anneaux. On ne peut s'imaginer à quel point cela changeait leur physionomie, il faut l'avoir vu pour le croire. Le pauvre Cérasin me disait d'un air humilié : "Ayez pitié de moi !" Tous les autres prêtres répétaient la même chose en chœur ; ils m'étourdirent tant que je les renvoyai : ils sortirent avec leurs anneaux barbus. On les aurait pris pour des capucins.

« Cérasin, qui était un petit-maître, se regarda dans son miroir en arrivant chez lui, et se fit horreur. Il ne concevait pas comment il se pouvait faire qu'un anneau, qu'il avait toujours trouvé une jolie chose, pût le rendre si vilain : cela prouve que le principal mérite de tout, consiste à être à sa place. Enfin, il prit le parti d'envoyer chercher son barbier, qui lui dit en entrant :

« — Je viens savoir ce que vous souhaitez, Monseigneur ; j'ai eu l'honneur de raser ce matin Votre Grandeur.

« — Oh ! vraiment, répondit Cérasin, Ma Grandeur est passée à ma barbe. Regardez-moi, ne suis-je pas un joli garçon ?

« — Ah ! Grand Pagode, s'écria le barbier en reculant trois pas, quelle bouche, quelle barbe ! Cela tient du miracle, et je ne sais si Monseigneur fait bien de vouloir se la faire abattre. Je croirais presque que c'est notre sacré singe qui a voulu vous marquer sa bienveillance, en vous donnant le bas de son visage.

« Ne laissez pas, répondit Cérasin, que de me bien savonner.

« Le barbier obéit, et savonna Monseigneur ; mais quand Monseigneur fut savonné et rasé, il était encore plus laid qu'auparavant. Il tomba dans la désolation, en se voyant une bouche en cul de poule : il disait avec fureur :

« — Mais on n'a jamais vu une bouche de cette façon-là !

« — Du moins, répondit le barbier avec un air respectueux, j'ose assurer, Monseigneur, que si on en a vu, ce n'a jamais été au-dessous d'un nez.

« — Ah ! je n'ai pas besoin de vos remarques, reprit Cérasin. Tenez, vous voilà payé, allez-vous-en.

« — Ah ! Monseigneur, dit humblement ce barbier, vous avez trop de conscience pour ne payer que pour une simple barbe ; celle-ci en vaut deux ; ayez la bonté de tâter comme les poils de Votre Grandeur sont durs, il m'en a coûté un rasoir.

« Sa Grandeur, qui était avaricieuse, le renvoya brutalement, et le barbier, pour s'en venger, publia aussitôt l'aventure, dont toute la Cour se divertit.

« La princesse et moi nous en riions encore le soir en nous mettant au lit ; mais notre joie ne dura pas longtemps. Car dès que je présentai mon petit doigt à l'anneau, je fus mordu bien serré. Je poussai un cri perçant, et j'entendis un grand éclat de rire ; j'en fus piqué, et je dis à la princesse :

« — Madame, je ne vois pas qu'il y ait là de quoi rire si fort.

« — Moi, répondit-elle ; je ne ris point et n'en ai nulle envie.

« — Il est fort bon, repris-je, de me soutenir cela. Mon Dieu ! poursuivis-je, cela n'est pas bien fin ; vous riez par vanité ; vous êtes enchantée que je me sois blessé.

« Je voulus faire un second essai, je fus mordu encore plus vivement : mes cris augmentèrent à proportion, et le rire augmenta par éclats. Je ne fus pas maître de moi, je poussai la princesse hors du lit : elle tira toutes les sonnettes en fondant en larmes. Les femmes apportèrent des lumières, et furent très surprises de ne voir que deux personnes, dont l'une pleurait et l'autre grondait, et d'entendre, malgré cela, rire à pâmer. Ce fut là le cas, ou jamais, de soupçonner qu'il y avait quelque chose là-dessous ; aussi ne manquai-je pas de le dire, et même d'y regarder. Mais quelle fut ma surprise de trouver, au lieu de l'anneau, une bouche véritable, à laquelle malheureusement il ne manquait pas une dent, et qui me riait au nez impudemment ! La princesse jeta les hauts cris.

« — Madame, lui dis-je, il ne s'agit point ici de perdre tête, il faut tout simplement mander l'arracheur de dents de Sa Majesté.

« — Hélas ! monsieur, répondit-elle, il aura oublié son métier, car il y a dix ans que mon père a perdu sa dernière.

« Malgré cela on alla le chercher : il voulut, comme de raison, visiter la bouche de la princesse ; mais je lui dis :

« — C'est un peu plus bas, monsieur.

« — Qu'appelez-vous un peu plus bas ? répondit-il. N'est-ce pas pour la princesse qu'on m'a mandé ?

« — Sans doute, répliquai-je.

« — Eh bien, poursuivit-il, que voulez-vous me dire ? Allons, madame, ayez la bonté de vous placer.

« La princesse s'étendit sur un canapé.

« — Madame, dit l'opérateur, ce n'est point là la situation de quelqu'un qui se fait arracher une dent.

« — Monsieur, repartis-je, c'est la façon de la princesse.

« — Je ne puis pas, répondit-il, la blâmer absolument ; mais ce n'est pas dans le cas présent.

« Enfin, je l'instruisis du fait, qu'il regarda comme une fable. Il demanda de la lumière et fit sa visite.

« — Ah ! le beau râtelier ! s'écria-t-il d'abord.

« — J'en conviens, lui dis-je ; mais comme c'est une beauté déplacée, ce sont précisément ces dents-là qu'il faut arracher l'une après l'autre.

« — Arracher ces dents-là ! reprit-il avec colère. Ah ! monsieur, ce serait un meurtre. Je vois bien, poursuivit-il, que vous me prenez pour ces dentistes qui ne sentent pas le prix d'une dent ; mais vous vous 1trompez. S'il n'avait été question que d'en plomber quelqu'une, encore passe, il n'aurait point été étonnant qu'il y en ait une, au moins, qui fût creuse ; mais ayez la bonté d'y regarder vous-même, tout ce que je puis faire c'est de les limer. !

« — Eh bien, dis-je, essayons ce moyen-là.

« Aussitôt il commença sa besogne avec grâce, et me demanda si je ne savais pas des nouvelles. Dans cet instant il fut bien étonné de voir la lime se casser. Il en tira une autre qui eut le même sort, il en rompit six de suite.

« — Ah ! parbleu, s'écria-t-il avec fureur, vous me donnez à limer des dents de diamant.

« Alors on entendit une voix prononcer ces paroles : "Cette bouche demeurera où elle est avec toutes ses dents, jusqu'à ce que la princesse Ne vous y fiez pas soit désenchantée."

« Je ne perdis pas un moment ; j'allai voir où en était le géant qui, en me voyant m'éclata de rire au nez. Je ne fis pas semblant de m'en apercevoir, parce qu'il était inutile d'être querelleur, et j'allai à l'anneau de la princesse ; mais il n'y était plus.

« — Je vois votre étonnement, me dit-elle, mon anneau vient de s'envoler avec vos deux petits cousins, comme un char d'opéra. Je ne sais point en quel climat de la nature on l'a transporté. Allez, cherchez-le, et songez que vous n'aurez celui de ma sœur que lorsque le charme du mien sera rompu.

« J'allai consulter Cérasin, et le prier d'implorer la bienveillance du Pagode. Depuis qu'il s'était fait faire la barbe, il vivait fort retiré ; cependant il voulut bien me donner audience. Il rougit en me voyant et me demanda si je ne le trouvais pas bien changé.

« — Pas trop, lui répondis-je, je vous trouve seulement l'air un peu efféminé.

« — Vous venez, reprit-il, me consulter sur votre voyage, je vous y accompagnerai. Le Pagode m'a révélé que les anneaux ne seraient désenchantés que lorsque ma bouche, que j'ai perdue, viendrait sur mes épaules. Je ne serai point fâché de la retrouver ; car vous sentez bien que je ne puis pas honnêtement me présenter en bonne compagnie avec celle que vous me voyez.

« — Ah ! lui dis-je, pour le consoler, elle n'est pas si mal, je suis simplement fâché que vous vous soyez fait raser.

« — Oh ! répondit-il, j'ai commandé une espèce de petite perruque qui aura l'air d'une grande barbe.

« — Cela sera fort bien, repris-je. Demain matin nous partirons ensemble.

« Nous nous mîmes en chemin à la pointe du jour. Cérasin s'approchait de chaque femme qu'il rencontrait, et lui disait : "Madame, par hasard, n'auriez-vous point ma bouche ?" Moi, de mon côté, je disais : "Madame a bien la mine de porter l'anneau de la princesse Ne vous y fiez pas." On nous prenait pour deux fous, et l'on ne nous répondait point. Vers le soir, nous trouvâmes une vieille dans une simple cabane ; elle nous dit qu'elle se nommait la fée aux Dents ; nous éclatâmes de rire, parce qu'elle n'en avait pas une dans la bouche, et nous croyions que c'était par ironie qu'on la nommait ainsi. Elle fit approcher des sièges ; mais comme ses meubles n'étaient pas neufs, le pied de l'escabeau sur lequel elle était assise rompit et la fit tomber à la renverse. Aussitôt je vis Cérasin fondre sur elle, en criant de toute sa force : "Ah ! voilà ma bouche ! Ah ! voilà mes dents !" La vieille se débattait, et faisait des grimaces effroyables. À la fin elle s'accrocha à la barbe postiche de Cérasin qui lui disait : "Voulez-vous bien laisser ma barbe !" L'autre lui répondit : "Laissez mes dents vous-même." À force de se tirailler tous deux, une dent de la vieille resta dans les mains de Cérasin, et la petite perruque de bouche demeura dans les mains de la vieille.

« — Le vilain, s'écria-t-elle, qui a la barbe d'autrui ! Il faut être ecclésiastique pour aimer à ce point-là le bien de son prochain.

« — N'avez-vous pas de honte, lui répondit Cérasin, d'avoir volé ma bouche, et de l'avoir placée dans votre garde-meuble ?

« Il allait cependant faire un échange de prisonniers. Cérasin était sur le point de rendre la dent pour ravoir la perruque, lorsque nous vîmes paraître une fée dans un char brillant fait en ovale, qui nous cria :

« — Gardez-vous bien de vous défaire de cette dent, elle est enchantée, elle appartient à cette vieille fée, qui est sœur de la fée Ténébreuse ; et c'est cette dent seule qui peut vous ouvrir les portes de mon temple.

« — Madame, lui dis-je, j'ai beaucoup de respect pour votre temple ; mais s'il ne mène à rien, je ne me soucie pas d'y entrer.

« — Je vois bien, reprit-elle, que vous ne connaissez pas la fée aux Anneaux. C'est moi qui ai fait tous ceux qui animent l'univers.

« — Madame, répondis-je, vous avez bien de la conscience ; car il y en a beaucoup auxquels vous n'avez pas épargné l'étoffe.

« Nous montâmes dans son char, et nous laissâmes la vieille fée crier ! aux dents…

« Oh ! que cela est plaisant ! dit Grisemine en interrompant le sultan, et que fîtes-vous chez la fée aux Anneaux avec votre dent à la main ?

— Parbleu, madame, je n'y puis plus tenir, vos questions sont impertinentes ; ma foi je m'en vais me coucher, et je ne suis pas d'humeur de satisfaire votre curiosité pour le présent ; je verrai demain si je vous raconterai le reste de mes aventures. »

Deuxième partie

Le lendemain, Grisemine ne manqua pas de se présenter devant Misapouf et de le prier de lui finir l'histoire de sa vie. Il la reprit en ces termes :

« Nous arrivâmes bientôt au temple ; ce fut alors que j'éprouvai l'enchantement de la dent arrachée. Elle prit tout à coup la forme d'un petit doigt assez considérable.

« — Je vois votre étonnement, dit la fée ; c'est par le moyen de cette métamorphose que vous allez pénétrer dans la première enceinte. Ce meuble porte ici le nom d'un passe-partout.

« En effet, la grande porte s'ouvrit. Ce temple était un fort beau vaisseau, composé de trois cintres séparés. La voûte du premier était garnie d'une grande couronne d'anneaux ; je vis plusieurs chevaliers qui tournaient autour. J'imaginais que c'était une course de bague.

« — Ces anneaux, dit la fée, sont les revenus de celles à qui ils appartiennent. Remarquez que les chevaliers qui n'ont qu'une lance de bois ou de fer, n'en attrapent aucun. Voyez-vous, au contraire, ce gros vilain financier ? Il n'en manque pas un, parce qu'il a une lance d'or.

« — Il est vrai, répondis-je, mais je remarque en même temps que ces mêmes anneaux s'échappent aussitôt qu'il les a touchés.

« — C'est la règle, répliqua la fée, ce sont des commerçants qui ne s'enrichissent qu'en courant. Passons dans le second cintre, poursuivit-elle.

« Les anneaux qui le garnissaient avaient chacun un cœur placé derrière eux. Souvent je voyais un anneau disparaître, et le cœur demeurer seul.

« — Expliquez-moi, dis-je à la fée, ce que signifie cette séparation ?

« — C'est, répondit-elle, l'anneau d'une fille qu'on vient de marier ; il est vendu et livré, mais le cœur reste, parce qu'il n'y a qu'elle qui peut le donner. Vous voyez encore, poursuivit-elle, des cœurs sans anneaux ; ceux-là paraissent secs et flétris. Ce sont les cœurs de ces femmes méprisables et estimées, qui ont le maintien froid, l'esprit dur et le sang chaud ; qui, sans avoir d'âme, ont beaucoup de tempérament ; qui établissent leurs plaisirs sur la jouissance de l'un, et leur réputation sur le défaut de l'autre : comme c'est le caprice seul ou la vivacité qui attire leurs anneaux, leurs cœurs ne sont jamais à la suite, et restent seuls pour faire parade d'une vertu dont il n'y a que les sots qui soient les dupes.

« — Ah ! m'écriai-je, je ne veux point rester dans ce cintre-là ; je me flatte que l'anneau de ma princesse n'y est pas. Pénétrons dans le troisième.

« — Volontiers, dit la fée, c'est là que votre destin sera éclairci.

« Je fus très étonné de n'y voir qu'une couronne de cœurs et pas un seul anneau.

« — Voilà, dit la fée, le cercle des cœurs qu'on méprise sans raison, qu'on devrait estimer souvent, et plaindre toujours. Ce sont ces femmes qui n'ont de faiblesse que parce qu'elles ont une âme ; qui sont trop sincères pour n'être pas crédules, et trop tendres pour n'être pas aimées. Leurs cœurs cachent leurs anneaux, on n'a jamais le dernier que par le moyen du premier, et c'est là ce qui fait les passions voluptueuses et durables. Elles résistent longtemps à l'amour qui ne veut que leur bonheur. Le préjugé les tient trop en garde contre le charme du sentiment, enfin elles s'y livrent. Elles avouent leur penchant, et veulent reculer leur défaite, mais en vain ; car, comme vous venez de le voir, quand c'est l'anneau seul qui porte la parole, le cœur peut fort bien ne pas répondre ; mais quand c'est le cœur qui parle, il est bien difficile que l'anneau ne se mêle pas un peu de la conversation.

« Je sentis la vérité de ce discours, j'en fus attendri, et dans ce même instant je vis le cœur qui se déplaçait et qui vint se coller contre le mien. Un anneau charmant était à sa suite. "Ah ! dis-je avec transport, voilà l'anneau de ma princesse." Cérasin, qui était brutal comme un carme, se jeta dessus ; il s'en était déjà emparé, lorsque la fée lui dit : "Insolent, je vais te punir de ta témérité." Elle lui donna un coup de baguette sur le nez, qui le changea aussitôt en un bidet de faïence de Saint-Cloud[2] ; il n'y eut que ses jambes dont elle lui conserva l'usage. Le bidet Cérasin s'en servit et galopa à bride abattue tout autour du temple ; les anneaux des trois cintres firent de grands éclats de rire, et même j'en remarquai beaucoup qui n'avaient pas le rire joli. La fée aux Dents parut alors, et se mit à cheval sur Cérasin, qui éternua beaucoup, sans que la fée lui dît : Dieu vous bénisse. La fée Ténébreuse se montra aussitôt et s'écria :

« — Ah ! ma sœur, que faites-vous ?

« — Je veux, répondit-elle, me venger de Cérasin, et je vais le faire galoper dans les terres labourées.

« — Et ne voyez-vous pas, reprit la fée Ténébreuse, que vous venez me faire perdre mon pouvoir sur l'anneau de la princesse ? Le destin a déclaré qu'il se rejoindrait au petit doigt de Misapouf, lorsque la bouche de Cérasin serait sur ses épaules. Voilà l'oracle accompli, puisque c'est cette bouche qui vous sert d'anneau et qu'elle porte à plomb sur le dos de ce vilain bonze.

« Elle n'eut pas plutôt fini ce discours, que le chevalier au Nez parut et me dit qu'enfin il était délivré, et qu'il allait rejoindre sa femme la fée aux Bains. Mes deux petits cousins Colibry et Nyny le suivaient, et étaient tout en nage. "Grand merci, Misapouf, s'écrièrent-ils, nous allons prendre l'air ; car nous avons bien chaud."

« Le géant fut obligé d'épouser la princesse Ne vous y fiez pas, et Cérasin est encore bidet de la fée, en punition du goût qu'il avait presque toujours contraire au beau sexe. Il a sans cesse le chagrin de voir son ennemie et de lui être soumis. Je croyais toucher à la fin de mes peines, mais il fallait remplir la destinée et subir l'enchantement que la fée avait formé contre moi. Sans être attendri par les larmes de ma belle princesse, ni par mes prières et mes soumissions, elle me

____

2   On y fabriquait des faïences depuis le XVIIe siècle.

toucha de sa baguette ; je fus transformé à l'instant en lièvre. Quelle douleur pour un prince courageux de se voir sous la forme de l'animal du monde le plus poltron ! Conséquemment à mon nouveau naturel, mon amour s'évanouit pour faire place à une frayeur extrême. Je m'enfuis de toute la vitesse dont j'étais capable, et ne m'arrêtai qu'à cinq ou six lieues de là. Je demeurai tout le lendemain sur mes quatre pattes ; je ne savais pas encore me faire un gîte : mais l'instinct qui est propre à chaque espèce d'animaux ne tarda pas à me l'apprendre. J'oubliais de vous dire que la maudite fée, en me changeant en lièvre, m'avait coupé les deux oreilles, ce qui augmentait encore mon chagrin et ma honte.

« En rencontrant d'autres animaux, surtout ceux de mon espèce, je croyais toujours qu'ils se moquaient de moi. Je me souvenais d'avoir vu des lièvres sans oreilles, et je me rappelais avec désespoir le changement que cela produisait sur leur physionomie. J'attendis le jour en faisant des réflexions aussi tristes qu'humiliantes ; j'en faisais encore de plus affligeantes sur la princesse mon épouse : car j'étais inquiet de sa douleur et du traitement qu'elle recevait. Une heure après le lever du soleil, j'entendis beaucoup de chiens qui aboyaient et d'hommes qui parlaient ensemble ; je crus même distinguer la voix de mes ennemis ; je voulais les éviter : mais aussitôt je fus étourdi par ce cri, répété cent fois, Velau ! velau ! velau !³ Je retournai la tête et je vis, au moins, cinquante chiens, douze ou quinze chevaux, et trois cors de chasse ; ils sonnèrent la vue, j'en savais l'air, et je le reconnus. Je redoublai de vitesse, et je ne philosophai jamais tant sur la folie d'ameuter un si grand nombre d'hommes et d'animaux après une bête aussi misérable que j'étais. Mais comme le géant n'était pas philosophe, il poursuivait toujours ma philosophie à bride abattue. Je donnai plusieurs crochets aux chiens, je fis des détours, je revins sur mes pas, je les fis tomber en défaut. À la fin, je sentis que mes pattes commençaient à perdre le jeu de leurs ressorts, et je vis que j'allais être forcé ; je me réfugiai dans une roche creuse ; j'y attendis la mort avec autant de fermeté que les sénateurs de je ne sais plus quel

---

3 Ou velaut, le cri poussé en vénerie pour annoncer qu'on a vu le sanglier, le
  loup, le renard ou le lièvre.

endroit, qui restèrent sur leurs sièges, les bras croisés, tandis que la ville était exposée au meurtre et au pillage. Toute la chasse arriva, les piqueurs empêchèrent les chiens de m'étrangler. Le géant et la fée s'avancèrent : je reconnus le char : mais je n'y vis point la petite princesse, ce qui me fit répandre des larmes. Mon ennemi les imputa à la crainte. "Oh ! le lâche, dit-il, qui a peur de mourir ! il ne sera pas si heureux." Ils me donnèrent cinq ou six croquignoles[4], ce qui me mortifia beaucoup, et me dirent : "Adieu, Monsieur Misapouf, jusqu'à demain matin." Je ne doutai pas que le lendemain je n'eusse une pareille aubade, je cherchai quelque endroit écarté ; je trouvai le creux d'un chêne, je m'y crus en sûreté ; mais les abominables chiens, conduits par la piste, découvrirent bientôt ma nouvelle habitation, et me menèrent le même train que le jour précédent. En un mot, je fus couru, forcé, croquignolé et raillé pendant neuf jours ; ensuite on me laissa tranquille. Je n'aime pas la solitude : ainsi, mon premier soin fut de chercher à faire des connaissances ; mais je m'aperçus avec chagrin que les lièvres ne vivaient point en société, et que chacun restait tristement dans son gîte comme un vrai reclus : je voulus en conter à quelques hases qui me parurent d'humeur vive et facile. Mes oreilles coupées excitèrent leurs rires, et j'eus beaucoup de peine à les accoutumer à ma figure. Mais je ne dois point oublier le plus grand de mes malheurs. Sous cette forme nouvelle, la fée m'avait, par noirceur, conservé mon petit doigt tel qu'il était quand j'étais homme. Les choses n'ont de valeur que par comparaison. Ce qui est peu de chose pour une femme est un prodige pour une jeune hase. Aussi tous mes rapports furent-ils sans effets ; tous les lièvres femelles du canton vinrent par curiosité faire l'essai de ce phénomène et eurent le chagrin de n'en pouvoir profiter. J'étais furieux quand je faisais réflexion à ce nouveau raffinement de méchanceté ; mais je n'étais pas à la fin de mes malheurs. Le géant et son exécrable mère vinrent un beau matin me trouver ; mon chagrin m'avait tellement abattu que je ne songeai point à les fuir : la fée me toucha de sa baguette, me changea en lévrier, et me ramena dans sa maison. Admirez, madame, le pouvoir du penchant naturel de chaque

____

4   Synonyme de chiquenaudes.

individu, et cela prouve bien que l'homme même n'est rien moins que libre dans ses actions : un pouvoir supérieur le détermine et le fait agir. J'eus la douleur, sous cette nouvelle forme, d'étrangler en huit jours mes connaissances, mes amis et plusieurs de mes inutiles maîtresses ; et de ne point voir la princesse. J'étais fort ennuyé de cet état, on ne m'épargnait ni les injures ni les coups. Un jour en revenant de la chasse, la fée me changea en renard : je vois que votre cœur s'attendrit…

— Seigneur, répondit Grisemine, il est vrai que je ne puis entendre ce nom-là, sans être vraiment touchée ; je doute même que je vous eusse jamais rien accordé, si j'eusse su que vous aviez été renard ; car enfin j'ai toujours eu des entrailles, et je regretterai toute ma vie mes six pauvres enfants.

— J'en conviens, lumière de ma vie, dit Misapouf, vous devez me vouloir un peu de mal de vous en avoir privée ; mais enfin, si j'étais renard, vous étiez lapine. D'ailleurs, je vous avouerai que j'ai toujours regardé le lapereau comme un joli manger, surtout dans la nouveauté, et je me souviens très bien que messieurs vos enfants n'étaient pas encore demis. Mais il est temps d'essuyer vos larmes et de faire couler les miennes. Le lendemain, vous fûtes bien vengée. Je ne vous cacherai pas que ce jour-là, je fus très content de ma chasse ; j'allai dans mon terrier, je me couchai sans souper ; sous quelque forme que j'aie été, mon estomac a toujours été faible, et je n'ai jamais pu faire qu'un bon repas. Je sortis de ma retraite à l'aube du jour ; l'aurore aux doigts de rose[5] commençait à colorer les airs d'une lumière tendre, et répandait des perles sur la pointe des prés, et sur les boutons des fleurs. J'ignorais que la naissance d'un si beau jour dût en être un si funeste pour moi. J'avais passé une nuit tranquille sans faire aucun rêve de mauvais augure, et je me promenais dans une route, en renard qui, si cela peut se dire, ne pense pas à malice. Mon appétit fut ouvert par le chant de plusieurs coqs : le gibier que j'avais mangé m'avait affriandé pour la volaille. Je me glissai le long d'un mur, où j'aperçus dans la cour d'une ferme deux coqs, quatorze poules et douze dindonneaux. L'eau me vint à la bouche, et mes yeux

---

5 Expression empruntée à la poésie homérique.

errèrent longtemps incertains du choix. Enfin ils se fixèrent sur une petite poulette noire, tachetée de blanc. Je me jetai au milieu de la troupe, et j'emportai le morceau marqué. Comme je suis naturellement né gourmand, je ne m'aperçus point que ma petite poule ne se débattait pas et ne jetait aucun cri ; je ne songeai qu'au plaisir de la manger. Dès que je fus dans le fort du bois, et que je me crus en sûreté, j'appliquai, sans pitié, le coup de la dent meurtrière… Ah ! j'en frissonne encore… Et mes sanglots interrompent mon récit : le sang n'eut pas plutôt coulé, que j'entendis une voix douce et toujours présente à mon cœur, qui dit : "Ah ! je me meurs. La fée Ténébreuse est bien vengée. Hélas ! mon cher Misapouf, puisses-tu ignorer que ta tendre et fidèle épouse est dévorée par un malheureux renard !" À ces mots funestes tous mes sens se glacèrent, je laissai tomber de ma gueule ensanglantée mon innocente proie : je vis alors, je vis la poule perdre sa forme et reprendre la figure de ma chère princesse. Le sang sortait à gros bouillons de sa gorge d'albâtre, je m'évanouis à ce spectacle affreux. Je ne revins à moi que par un coup de baguette de la fée, et je me retrouvai sous les traits de l'amant le plus coupable et le plus à plaindre. "Ah ! ciel, s'écria la princesse, je meurs de la dent de Misapouf…" Elle me serra la main et ferma les yeux pour jamais.

« — Me voilà contente, dit la fée Ténébreuse, tu as rempli ton sort.

« Je sortis de mon caractère de douceur, et lui dis mille injures ; mais elle me rit au nez, et s'envola dans son char. Accablé de désespoir et n'ayant plus rien de mieux à faire que d'être sultan, je revins chez mon père : je le trouvai expirant, je fus déclaré son successeur. Le poids de ma couronne ne diminue point celui de mon chagrin : j'ai étranglé mes amis, j'ai mangé votre famille, j'ai fait mourir ma maîtresse ; je ne puis maintenant avoir d'autre plaisir que celui de vous en procurer. Puissé-je souvent, dans vos bras, étourdir vos douleurs et les miennes, expier mes crimes, vous traiter en sultane comme j'ai traité vos enfants en lapereaux, et attendre patiemment le moment où je dois devenir capucin, sans jamais cesser d'être un saint musulman ! »

Le sultan Misapouf finit ainsi son histoire, en poussant un soupir très considérable et en lorgnant Grisemine, d'une façon tout à fait touchante. Grisemine, après y avoir répondu par un demi-sourire et un regard tendre, lui tint ce discours :

« Seigneur, votre histoire m'a intéressée ; mais je m'attendais toujours que vous me reparleriez de la fée aux Bains, du chevalier au Nez, du roi Sauvage, de la reine son épouse et de la princesse Ne vous y fiez pas, leur fille.

— Et pourquoi vous imaginiez-vous tout cela ? répondit Misapouf. Voilà une belle idée ; vous me croyez donc bien babillard ?

— Non, seigneur, répliqua la sultane ; mais Votre Sublime et toujours Victorieuse Majesté doit savoir que la première règle d'un récit est à la fin de rendre compte de tous les personnages intervenus pendant le cours de la narration.

— Comment diable, reprit poliment Misapouf, voulez-vous que je vous rende compte de tous ces gens-là, puisque je ne les ai point revus ? Faut-il, pour la régularité de mon histoire, que je leur envoie exprès un ambassadeur pour m'informer de l'état de leur santé, et leur demander la suite de leurs histoires ? Je crois qu'ils sont à présent, ce qu'ils étaient alors : la fée aux Bains, une criarde, que son chevalier a rejoint, et qu'elle doit sans doute mener par le nez ; le roi Sauvage, un bonhomme qui sait dire une brusquerie, et ne sait pas soutenir une opinion ; la reine son épouse, une jolie femme, mais trop commère ; et la princesse leur fille, une attrape-nigauds. Voilà tout ce que j'en puis dire.

— Seigneur, dit la sultane, je puis vous donner de plus grands éclaircissements sur ce qui les regarde.

— Je vous en dispense, répondit Misapouf.

— Puisque vous êtes si peu curieux, répliqua Grisemine, je ne vous apprendrai point que la fée Ténébreuse s'est fait faire un manchon avec la peau que vous aviez étant renard.

— Comment donc, dit le sultan, cela doit lui faire un beau manchon ; car je me souviens que j'avais une peau fort argentée, et je commence à croire que c'est par avarice qu'elle m'a fait redevenir homme. Eh ! de qui tenez-vous cette nouvelle-là ?

— C'est de la fée aux Bains, répondit Grisemine…

— Ah ! ah, c'est-à-dire que vous avez été chez elle, dit le sultan, et par quel hasard ? Je m'imagine que sa maison doit être très humide.

— Seigneur, répliqua la sultane, si vous voulez savoir mon histoire, il faut que Votre Illustre Majesté m'accorde un moment d'audience.

— Très volontiers, répondit le sultan ; si elle est trop longue, je pourrai bien m'endormir ; mais ce n'est pas un grand malheur. Commencez donc, madame. »

Histoire de la sultane Grisemine

« Je suis née en Finlande ; je ne suis ni reine ni princesse ; mais je puis assurer Votre Majesté que je suis bien demoiselle : car j'ai trouvé dans mes papiers une lettre d'un duc de Laponie à mon grand-père, qui lui mettait le très humble et très obéissant serviteur.

— Oh ! cela ne veut rien dire, reprit Misapouf ; car tous ces ducs lapons sont de très petits ducs. Ce n'est pas que je doute de votre noblesse, ajouta-t-il.

— J'en ai encore une preuve plus certaine, dit la sultane, c'est que le roi de Finlande n'aurait pas voulu se mésallier ; et sans mes voyages je l'aurais épousé.

— C'est vraiment un fort bon parti que vous avez manqué là, dit le sultan. Il était donc devenu amoureux de vous ?

— Non, Seigneur, répondit Grisemine. Le trône de Finlande avait été occupé autrefois par des princes de la maison de Zélande. Les ducs de Nortingue l'usurpèrent ; ce petit accident occasionna de grandes guerres entre ces deux maisons. Enfin on trouva un expédient pour faire retourner la couronne à la maison de Zélande, sans l'ôter à celle de Nortingue.

— Comment cela ? dit le sultan.

— On a, répondit la sultane, imposé une condition au roi, aujourd'hui régnant, qui l'empêchera d'avoir des enfants.

— J'entends, dit le sultan, on a exigé de lui qu'il ne se marierait point.

— Non, seigneur, dit la sultane ; c'eût été une injustice, on lui a laissé cette permission.

— Ah ! je sais ce que c’est, reprit Misapouf, il faut que je sois bien sot pour ne l’avoir pas deviné. On veut que sa femme soit hors d’âge de lui donner des successeurs.

— C’est tout le contraire, répliqua Grisemine ; il pourra choisir une femme dans toutes les princesses du monde et dans toutes les demoiselles de son royaume. Mais celle-là seule pourra l’épouser qui lui apportera cette ignorance si précieuse aux yeux d’un mari.

— En vérité, dit le sultan, vos princes de Zélande n’ont pas le sens commun ; cette condition-là n’a jamais empêché une femme d’avoir des enfants.

— Votre Majesté, dit la sultane, ne m’a pas laissé achever ; j’allais avoir l’honneur de lui raconter qu’il fallait, pour épouser le roi de Finlande, qu’une fille voyageât pendant quatre ans, qu’elle partît à l’âge de douze ans, étant très ignorante, et qu’elle revînt à seize tout aussi peu instruite.

— Oh ! cela change la thèse, s’écria Misapouf, je fais réparation à ces princes, je suis bien certain qu’ils règneront.

— Le roi, reprit Grisemine, a signé ce traité à dix-huit ans, il en aura ce mois-ci soixante et dix-neuf, et il est encore garçon. Vous jugez bien cependant qu’il n’y a point de gentilhomme qui ne se tue à faire des filles et qui ne se ruine à les faire voyager. Mon père en fournit un exemple ; j’ai eu douze sœurs qui se sont dispersées ; leur temps s’est écoulé sans qu’aucune soit revenue en état d’être reine.

— Comment, dit le sultan, vous êtes la treizième ?

— Oui, seigneur, répondit Grisemine.

— Allons, répondit Misapouf, parlez-moi avec franchise. Qu’est-ce qui vous a épargné les frais du retour ? Je ne vous en aimerai pas moins. Car enfin je ne trouve pas que cette ignorance soit quelque chose de si merveilleux.

— Je vais, dit la sultane, obéir à Votre toujours Auguste Majesté, en lui parlant sans déguisement.

« Dès que j’eus douze ans, ma mère me fit partir, après m’avoir appris le sujet et la condition de mon voyage : je me crus déjà reine de Finlande, et la tête me tourna comme à un maître des requêtes[6] qui

____

6   Nom donné à divers officiers de l’ordre judiciaire. Les intendants présidaient

devient intendant. Ma mère, pour me préserver des enchantements, me donna un valet de chambre sorcier. On croyait cette précaution nécessaire, et d'ailleurs c'était le bon air.

— Comment, un valet de chambre sorcier ! s'écria Misapouf. C'était pour vous empêcher d'être reine dès la première journée.

— Non, seigneur, répondit Grisemine ; car il était de l'espèce de l'eunuque de la fée Ténébreuse.

— Ah ! ne me parlez pas de ce vilain-là, dit le sultan.

— Je n'ai point lieu de me plaindre de celui qui m'accompagnait, répliqua Grisemine, il s'est sacrifié pour moi, sans me faire perdre mes droits à la couronne. Nous nous embarquâmes dans un vaisseau marchand, j'eus le malheur, comme cela arrive toujours, de plaire au capitaine. Il voulait me le prouver, parce qu'il ne savait pas me le dire ; mais mon cher sorcier Assoud me changea tout à coup en barbue. Je m'échappai des mains de mon brutal, et je sautai dans la mer. Assoud me suivit après s'être transformé en merlan. Nous gagnâmes promptement le rivage ; car quoique la barbue soit un bon poisson, j'aimais encore mieux être fille. Nous reprîmes notre forme ordinaire. Nous errâmes longtemps dans les forêts, où je commençais à mourir d'inanition ; car tous les sorciers n'ont pas le pouvoir de se faire apporter à manger.

— J'en suis étonné, dit le sultan, car on dit toujours d'un mauvais plat, voilà un ragoût du diable. »

« Assoud avait aussi bon appétit que moi mais il ne plaignait que moi seule. Un jour il me tint ce discours :

« — Mademoiselle, je crois que vous aimez mieux vivre que mourir. Je n'ai qu'un moyen de vous faire faire un bon repas.

« — Quel qu'il soit, mon cher Assoud, lui répondis-je, je l'accepterai.

« Le voici, reprit-il, vous venez d'être barbue, et je pense que vous ne serez pas plus déshonorée d'être lapin. Voilà du serpolet qui vous paraîtrait délicieux. Je ne parle pas de plusieurs autres petites douceurs qui pourraient vous récréer, comme de faire des lapereaux…

---

les assemblées judiciaires et disposaient de pouvoirs étendus.

— Adieu la royauté, dit le sultan.

— Non, Seigneur, répondit la sultane, ce n'était qu'en qualité de fille que je devais être reine. Ainsi en passant dans le corps d'une lapine, j'aurais pu peupler une garenne entière sans en être moins digne d'épouser le roi. J'acceptai la proposition d'Assoud, et par le moyen de son art, la métamorphose réussit. Il y avait trois mois qu'elle était faite ; j'avais eu de la complaisance pour un lapin, quoique je ne me sentisse aucun goût pour lui ; mais je craignais de passer pour une bégueule. Vous savez les chagrins que j'ai ressentis, puisque c'est vous qui les avez causés. J'étais dans le plus vif de ma douleur, lorsqu'elle fut augmentée encore par le spectacle le plus attendrissant. Je vis revenir Assoud tout ensanglanté qui se traînait vers moi. "Je vous trouve à propos, me dit-il, d'une voix faible, je n'ai plus qu'un moment à vivre ; un chasseur vient de me réduire dans cet état ; et s'il m'avait tué sur la place, vous seriez toujours demeurée lapine ; je n'ai que le temps de rompre votre enchantement." Il marmotta quelques paroles, me toucha de sa patte, et je redevins fille ; c'est depuis ce temps que je me suis fait nommer Grisemine. "Je meurs content, dit Assoud ; comme je ne pourrai plus veiller à votre sûreté, je vous conseille de prendre mes habits au lieu des vôtres, vous paraîtrez, il est vrai, un fort joli garçon ; mais vous n'allumerez des passions que dans le cœur des femmes, et. ce ne seront jamais elles qui vous empêcheront d'être reine." À ces mots, il rendit son dernier soupir. Vous connaissez mon bon cœur ; ainsi vous pouvez vous représenter mes regrets. J'allai dans une espèce de grotte où nous avions laissé nos habits ; je pris celui d'Assoud. Je m'avançai vers le rivage, je découvris un bâtiment. Je fis signe avec mon mouchoir : une chaloupe fut détachée et me conduisit vers le vaisseau. Le capitaine me fit beaucoup de politesses, et me demanda où je voulais aller. Je lui répondis que je n'avais aucun objet déterminé, ayant quitté ma patrie pour voyager.

« — Si cela est, dit-il, vous ne serez pas fâchée d'aller avec nous au palais des Éternuements.

« — Je vous avoue, lui répondis-je, que je n'en ai jamais ouï parler ; on doit y dire bien souvent : Dieu vous bénisse.

« — C'est un lieu, reprit-il, habité par la fée Transparente. Elle distribue une poudre qu'on prend comme du tabac, et qui fait éternuer de l'esprit.

« — Vous m'étonnez, m'écriai-je.

« — Oui, me répondit-il, lorsqu'on a éternué cinq ou six fois, on débite aussitôt une vingtaine d'épigrammes et deux douzaines de maximes.

« — Voilà, dis-je, qui est admirable : monsieur le capitaine, faites redoubler de rames, car je meurs d'envie d'éternuer.

« — Mon enfant, reprit-il, tous ceux qui sont dans mon bord ont la même impatience ; car depuis quelque temps l'envie d'éternuer est devenue une fureur. Voyez-vous cette jeune femme étique ? Elle a entendu dire que lorsqu'on était maigre, on était obligé en honneur d'avoir de l'esprit, elle a tout aussitôt entrepris le voyage. Cette autre qui devient trop grasse est persuadée que l'esprit la maigrira, elle veut en avoir pour conserver sa beauté plus que pour y suppléer. J'ai au moins trente auteurs qui soupirent après l'éternuement, et qui croient que l'esprit les dispensera d'avoir de l'imagination et du talent. Enfin, poursuivit le capitaine, il n'y a pas jusqu'à ce vilain capucin-là qui ne veuille éternuer.

— Ah ! ah ! dit Misapouf, vous avez donc vu un capucin ? Dites-moi, je vous prie, comment cela est fait ?

— Seigneur, répondit Grisemine, c'est une espèce d'animal qui tient le milieu entre le singe et l'homme, qui a autant d'orgueil que d'incapacité, et qui pue le moine à faire vomir.

— Diable, s'écria le sultan, ce portrait-là n'est pas appétissant ; il n'y a que l'orgueil qui puisse en faire la consolation ; car lorsqu'on en a, on se passe de tout : continuez, je vous prie.

— Seigneur, dit Grisemine, le troisième jour de navigation nous découvrîmes le palais où nous allions ; il avait une si belle apparence, que je le pris d'abord pour la demeure d'un roi. Nous descendîmes du vaisseau avec précipitation. La fée était à une tribune, et jetait des petits paquets à ses courtisans, qui se les arrachaient et qui éternuaient à toute outrance ; la rage de parler les saisissait, ils faisaient des questions sans qu'on leur répondît et souvent des réponses sans qu'on les questionnât ; on admirait pour être admiré ; on critiquait pour être craint ; on plaisait moins qu'on n'étonnait. Les paradoxes éblouissaient ; les sophismes persuadaient ; la maigre envie satirisait ; l'amour-propre boursouflé donnait des louanges trompeuses ; la malignité, des mauvais conseils, et le faux discernement, d'injustes approbations : je fus bientôt excédée de cette cohue. Je gagnai la porte en réfléchissant sur ce que dans ce palais on ne pensait que par secousses, que l'esprit ressemblait à un accès de fièvre, que tout ce qui s'y produisait, ne pouvait former qu'un assemblage de lambeaux et jamais un tout. Je jugeai qu'il fallait attendre l'esprit et se donner l'agrément qui est toujours aux ordres de ceux qui le cherchent ; qu'on amuse un moment avec quelques traits ; mais qu'on plaît toujours lorsqu'on est aimable ; les bons mots sont des hasards, et les agréments sont des titres.

« Je suivis la route la plus frayée. Sur le soir, je trouvai un jeune homme qui voyageait ainsi que moi sans suite, et sans équipage : je fus d'abord saisie de quelque crainte, et je remarquai aussi que ma présence lui causait quelque inquiétude. Nous nous rassurâmes ; il me raconta son histoire, qu'il inventa peut-être, et que je vais vous répéter…

— Non, s'il vous plaît, dit le sultan, je m'embarrasse fort peu de savoir ce qui est arrivé à quelqu'un que je n'ai jamais vu, et que je ne suis pas tenté de voir.

— Si vous saviez, répondit la sultane, quel était ce garçon-là, vous parleriez différemment.

— C'était peut-être un garçon comme vous, dit Misapouf.

— Précisément, répondit Grisemine ; mais nous fûmes longtemps dans l'erreur, nous voulions nous faire des avances de politesse dont nous arrêtions aussitôt l'essor ; nous étions à tous moments sur le point de nous prévenir, et nous nous attendions toujours. La nuit vint et nous arrivâmes à une petite maison qui servait, dit-on, à loger les passants ; nous y entendîmes un grand bruit d'instruments, mêlé de chansons douces. J'entrai sans qu'on m'aperçût, je parlai sans qu'on m'entendît ; je vis beaucoup de monde et fort peu de chambres.

— Je m'attends, dit le sultan, que vous aurez été forcée de

coucher plusieurs ensemble, et que votre couronne aura fait naufrage dans cette maudite auberge-là.

— Seigneur, répondit la sultane, vous avez l'esprit bien pénétrant.

« Dans le temps que je faisais des questions inutiles, j'entendis à la porte un grand bruit d'équipages et de domestiques, et je vis une grande femme, belle comme la personne qu'on aime. Cet événement suspendit la joie de la maison. Celui qui en était le maître vint et parla ainsi : "Sans doute madame vient pour passer la nuit ici ; mais je crains qu'elle ne soit bien mal couchée ; car j'ai marié ma fille aujourd'hui, et je n'ai que deux chambres ; l'une appartient de droit aux nouveaux époux ; il ne reste plus que l'autre pour madame ; mais je ne sais où je logerai ces deux messieurs", dit-il en nous montrant.

« — Mon ami, dit cette dame, après nous avoir considérés, votre chambre est-elle à deux lits ?

« — Oui, répliqua l'hôte.

« — Eh bien, répondit-elle, nous pouvons nous accommoder. J'en occuperai un, et ces deux jeunes gens, qui se connaissent, ne seront sans doute pas en peine de coucher dans l'autre.

« — C'était là précisément ce que nous craignions, sans oser nous le communiquer.

— Vous aviez grand tort, dit le sultan ; car cela n'était pas dangereux.

— Je pris la parole, et je dis à la dame que nous n'osions prendre la liberté de coucher dans la même chambre qu'elle. Mais elle me répondit : "Vous avez tort, je ne crains point les hommes et je suis accoutumée à être sage avec eux, sans les éviter. Je ne fais pas cas de ces femmes qui craignent toutes les occasions ; la vertu qui fuit, manque souvent de jambes."

« Comme nous voulions partir le lendemain, nous nous couchâmes de bonne heure ; j'eus la précaution, en me mettant au lit, de me tenir absolument sur le bord ; mon compagnon eut la même prudence : deux personnes auraient pu aisément se placer entre nous. Je fus surprise de ne sentir aucun trouble, aucune émotion, en me sachant couchée avec quelqu'un que je croyais un homme. J'étais seulement atteinte d'un petit mouvement de curiosité ; mais l'ambition de devenir reine y mit aussitôt un frein. Je crus que le plus sûr moyen d'y résister, était d'attendre que la jeune dame fût endormie, de sortir doucement de mon lit et de me glisser encore plus doucement dans le sien. J'exécutai ce projet, et je me levai sans bruit ; je gagnai le lit de la dame, elle dormait : je me coulai à côté d'elle, sans qu'elle parût se réveiller. Mais ce sommeil n'était qu'une feinte ; car un quart d'heure après elle me tint ce discours : "Mon beau garçon, j'ai bonne opinion de la délicatesse de vos sentiments : car vous n'êtes pas venu à mes côtés pour me laisser dormir ; je suis sensible à vos desseins, et la reconnaissance exige que je dissipe votre erreur, je suis assurée que vous ne me trahirez pas." Ce début m'offensa ; je lui promis une discrétion à toute épreuve, et je la priai de poursuivre. "Eh bien donc, me dit-elle, je veux bien vous apprendre un petit malheur, en vous confiant que vous vous trompez si vous comptez à présent être couché avec une femme ; car je suis un garçon." Ces paroles me confondirent.

— Oh ! je l'avais deviné, dit le sultan.

— Il est vrai, seigneur, poursuivit Grisemine, que le désordre qui se passa alors en moi me dit que j'étais avec un homme.

— Mais, dit le sultan, que ne sortiez-vous du lit ?

— C'était mon projet, répliqua Grisemine, mais je voulais savoir son histoire.

— Bonne chienne de curiosité, s'écria Misapouf.

— C'est ainsi, reprit la sultane, qu'il la commença : "Je suis fils de la fée aux Bains et du chevalier au Nez. Réellement, dit-il, je n'en ai jamais vu un si grand que le sien. Cela n'empêcha pas ma mère de devenir grosse."

— Voilà une belle réflexion, dit le sultan ; où ce garçon-là avait-il pris que le nez d'un homme l'empêche de faire un enfant à sa femme ?

— Seigneur, répondit la sultane, il n'avait pas encore d'expérience.

— Quel était donc son nom ? dit le sultan.

— Seigneur, il se nommait Ziliman.

— Cela m'est égal, répondit Misapouf, poursuivez votre

histoire. »

La sultane continua ainsi : « "Mon père, dit Ziliman, était fort amoureux de la fée aux Bains, et regardait avec indifférence toutes les beautés qui venaient se baigner ; mais sa vanité pensa le perdre, et fut cause de mes malheurs. Il entendit parler de la princesse Ne vous y fiez pas, de son anneau et de l'enchantement qui y était attaché." Je ne vous répéterai point, dit la sultane, tout ce que vous m'avez conté avec tant d'éloquence sur ces anneaux. "Persuadé, continua Ziliman, que personne n'avait un si gros petit doigt que lui, sans rien dire à ma mère, il partit pour délivrer cette princesse. Cela prouve qu'il avait autant d'humanité que d'amour-propre. La fée imputa son absence à son infidélité, elle accoucha de moi pendant ce temps fatal ; elle jura, dans la haine qu'elle portait aux hommes, que je porterais un habillement de fille jusqu'à ce que je fusse marié : à quinze ans, je lui dis que je voulais voyager. — J'y consens, me répondit-elle : mais surtout ne te marie point ; je fais serment que tu ne garderas ta femme que lorsqu'elle aura été quinze jours devant mes yeux tout grands ouverts sans que je l'aperçoive." Il allait continuer lorsque nous entendîmes le bruit de la noce qui amenait les nouveaux mariés dans le lit nuptial. Cet événement augmenta encore mon trouble, j'étais tentée d'aller rejoindre mon compagnon ; mais le lit de Ziliman était plus près de celui des jeunes époux, et j'avais des idées si confuses sur le mariage, que je n'étais pas fâchée de m'en éclaircir un peu, en prêtant attentivement l'oreille à ce qui se passerait.

« "Je vous avoue à ma honte, dit Ziliman, que cette cérémonie m'est absolument nouvelle : vous vous moquerez de moi quand je vous dirai que je suis ignorant au point de ne pas savoir la différence qui est entre ce jeune homme et sa femme. — Je puis vous jurer, lui répondis-je, que je suis tout aussi peu instruit que vous. — Si cela est, reprit-il, profitons de cette occasion, gardons un profond silence. J'ai remarqué que les deux lits ne sont séparés que par une tapisserie, nous ne perdrons rien de cette scène." J'acceptai la proposition de tout mon cœur, et notre conversation fut dès lors interrompue ; car lorsqu'on voyage, on est trop heureux de s'instruire.

« Sans doute on s'attend que ces deux époux, d'accord ensemble, se félicitèrent d'être débarrassés du monde qui les importunait, et que leurs sentiments, gênés jusqu'à cet instant, s'échappèrent avec transport. Mon imagination attentive travaillait pour se représenter les effets de cette intelligence ; l'ignorance de Ziliman le tourmentait au moins autant que moi. Nous entendîmes Thaïs et Fatmé se mettre au lit. Thaïs dit aussitôt : "Enfin nous voilà seuls, il y a longtemps que je désire de prouver à ma chère Fatmé combien je l'aime." Apparemment qu'il jouait ce qu'il disait ; car Fatmé lui répondit : "Que veulent dire ces manières-là ? Où avez-vous appris à vivre ?" Thaïs, qui vraisemblablement était un bel esprit, lui répliqua : "Belle Fatmé, n'étant occupé que du plaisir de vous voir, je n'ai appris qu'à aimer. — Eh bien, dit-elle, tenez-vous-en là, et n'apprenez pas à insulter. — Ces insultes-là, dit Thaïs, sont les politesses de la bonne compagnie, vous m'en remercierez avant peu." Je juge qu'il voulut encore tenter quelque entreprise ; car Fatmé s'écria : "Thaïs, si vous continuez, je vais appeler ma mère ; Thaïs, vous êtes un insolent, je ne suis point faite à ces façons-là. — Mais, en vérité, Fatmé, je ne vous conçois pas, dit Thaïs. Pourquoi vous imaginez-vous donc que je vous ai épousée ? Votre résistance marque une ignorance qui m'est bien précieuse : mais vous devez avoir de la confiance en moi. Allons, ma chère Fatmé, rendez-vous à mon ardeur, je vous en conjure. — Oh ! non, dit-elle naïvement, ma mère m'a cent fois défendu de me laisser faire ce que vous voulez me faire. — Sans doute, belle Fatmé, quand vous étiez fille ; mais tout doit m'être permis, puisque vous avez reçu ma foi en présence de l'yman[7]. — Je me moque de l'yman, reprit Fatmé ; la chose est bonne ou mauvaise, en soi : si elle est bonne, on n'a pas besoin d'un yman pour y être autorisé, et si elle est mauvaise, la permission de l'yman ne peut pas la rendre bonne. Thaïs, qui perdait trop de temps à raisonner, prit le parti d'employer les effets au lieu de tant de paroles inutiles. Fatmé poussait des cris que Thaïs étouffait : toute notre chambre était ébranlée de la révolte qui se passait dans l'autre…"

— Je crois, dit le sultan, que Ziliman et vous, étiez encore moins tranquilles que les chambres.

---

7   Imam ou iman, celui qui dirige la prière.

— Il est vrai, répondit la sultane, que je ne puis exprimer ce qui se passait en moi. Ma curiosité et ma crainte étaient égales ; j'entendais des plaintes qui dégénéraient en soupirs. Enfin, il y en eut un qui fut suivi d'un long silence. Ziliman me dit alors : "Ah ! mon ami ; je ne conçois pas ce qu'ils peuvent faire ; mais je suis dans un état épouvantable. Je voudrais bien savoir si cette scène a produit sur vous les mêmes effets." Il me prit la main, et je fus effrayée. "Ah ! bon Dieu, lui dis-je, qu'est-ce que cela ! Ne serait-ce pas par hasard le nez de monsieur votre père ?" Apparemment que sa main s'avança aussi ; car il fit un cri de frayeur, et il dit avec surprise : "Oh ! ciel, comment avez-vous donc fait cet homme-là ?" Je soupçonnai alors que le sujet de notre étonnement était le point de notre ignorance ; je voulus l'empêcher de faire un éclat, et je lui avouai ingénument que j'étais fille. Sa surprise se changea en transport de joie ; il se jeta dans mes bras, je n'eus pas la force de m'en dérober. Dans ce moment les plaintes et les soupirs de Fatmé recommencèrent ; mais je fus bientôt forcée d'en faire autant. Fatmé s'imagina que nous voulions la contrefaire, car elle dit : "Voilà qui est beau de se moquer ainsi du pauvre monde ! Je voudrais bien, ajouta-t-elle, qu'on vous en fit autant, pour voir ce que vous diriez !" Ziliman et moi, nous ne pûmes nous empêcher de rire, et nous ne laissâmes pas de faire des progrès dans la science. Je lui racontai mon histoire, et je lui jurai que je renonçais de tout mon cœur à la couronne de Finlande. Le jour parut.

« "Belle Grisemine, me dit-il, vous savez que pour être ma femme, il faut que vous soyez quinze jours devant les yeux de ma mère sans qu'elle vous voie ; sans cela je vous perdrais et j'en mourrais de chagrin. Je ne sais qu'un moyen, c'est d'aller chez la fée Porcelaine : elle est ma marraine, elle nous protégera et nous donnera peut-être un expédient pour engager ma mère à ratifier notre bonheur." Je lui promis de ne le pas quitter, et nous partîmes après avoir pris congé de mon compagnon, qui m'avoua qu'elle était fille, et qu'elle était dans son cours de voyage pour être reine. Je lui déclarai qu'elle avait en moi une rivale de moins. Elle en fut très contente, et nous nous séparâmes en nous embrassant cordialement ;

car les femmes s'embrassent par coutume en se trouvant, et par plaisir en se quittant. Nous arrivâmes en deux jours chez la fée Porcelaine. Ziliman lui confia son mariage, me présenta et lui demanda si elle avait vu sa mère depuis peu.

« — Elle vint hier, répondit la fée, et me dit qu'elle vous avait défendu de vous marier : mais comme elle s'imagine que vous êtes aussi fragile que ma maison, elle est persuadée que sous un habit de fille vous ne pourrez pas vous empêcher de vous découvrir.

« — Mais enfin, ma mère est-elle toujours dans la même résolution ? dit Ziliman.

« — Oui, dit la fée, elle m'a informée des conditions qu'elle avait juré de vous faire remplir.

« — Hélas ! m'écriai-je, je vois trop qu'il faudra que je perde mon cher Ziliman.

« — Ah ! me répliqua la fée, si vous vouliez vous prêter à mon projet, nous pourrions la tromper.

« — Il n'y a rien que je ne fasse, lui dis-je, pour être toujours avec quelqu'un que j'aime autant.

« — Eh bien, reprit la fée, si cela ne vous répugne point, je vous donnerai la forme d'un meuble, dont, sans doute, vous vous servez souvent.

— Ah ! dit le sultan, voilà cette métamorphose que vous m'avez fait attendre si longtemps.

— Il est vrai, seigneur, que mon amour me fit consentir à tout. La fée voulut me donner, sous cette forme, toute la grâce que peut avoir un pot de chambre. Le lendemain Ziliman me mena chez la fée aux Bains ; sa mère fut contente de le revoir si tôt : il lui dit qu'il se déterminait à passer sa vie avec elle, plutôt que de voyager toujours avec un habillement si honteux pour un homme. La fée l'écouta avec plaisir, et lui dit qu'elle avait eu assez bonne opinion de ses sentiments pour espérer de l'embrasser peu de temps après son départ. Elle voulut savoir le récit de ses voyages. Il en supprima tous les événements intéressants. Le soir en soupant elle lui demanda s'il n'avait pas rapporté quelque curiosité.

« — J'ai, répondit-il naïvement, un meuble de garde-robe à la mode ; sans doute, vous en avez vu ?

« — Non, dit-elle.

« On m'apporta dans sa chambre ; elle trouva cette dernière invention si fort de son goût, qu'elle me garda ; j'y étais depuis quatorze jours, lorsque la fée Ténébreuse, avec son manchon de Votre Majesté, vint faire une visite de voisinage à la fée aux Bains. On parla de moi après les premiers compliments ; car en meubles de cette espèce, une mode nouvelle est un événement. La fée Ténébreuse fut si fort enchantée, qu'elle me destina à son usage.

— Eh bien, dit le sultan, n'est-il pas vrai que c'est une chose épouvantable que l'anneau de cette vilaine-là ?

— Ah ! épouvantable, seigneur, reprit Grisemine. Un jour en se servant de moi, elle me brisa en mille pièces ; et comme l'enchantement était rompu par ce malheur, je parus à ses yeux sous ma forme naturelle. Je la priai de ne pas me perdre ; mais elle était furieuse, parce qu'elle prétendait que je l'avais coupée ; elle me conduisit dans l'appartement de la fée aux Bains, et lui conta mon aventure. Je me jetai à ses genoux, en lui disant : "Ah, ma chère belle-mère, ne m'enlevez pas mon époux Ziliman." Ce discours la fit entrer dans un courroux violent ; je fus chassée, et je ne sais ce que je serais devenue si Votre Clémente Majesté ne m'eût pas prise sous sa puissante protection.

— Madame, dit le sultan, en faveur de votre sincérité, je vous pardonne de vous être donnée pour fille, tandis que vous n'étiez rien moins que cela : je m'aperçus bien de quelque chose la première nuit de nos noces ; je crus, je vous l'avoue, que c'était la faute de mon petit doigt ; mais je vois à présent que c'était celle de ce benêt de Ziliman. Quoi qu'il en soit, oublions toutes nos infortunes passées, et ne songeons qu'aux biens présents. Tâchez de me trouver de meilleurs cuisiniers. Nos enfants sont déjà grands : marions nos filles avant de les faire voyager ; nous songerons demain à ce que nous devons faire des garçons ; il est tard aujourd'hui. Allons nous coucher, en attendant que je sois capucin. »

Histoire de la félicité

La Félicité est un être qui fait mouvoir tout l'univers ; les poètes la chantent, les philosophes la définissent, les petits la cherchent bassement chez les grands, les grands l'envient aux petits, les jeunes gens la défigurent, les vieillards en parlent souvent, sans l'avoir connue ; les hommes, pour l'obtenir, croient devoir la brusquer ; les femmes, qui ordinairement ont le cœur bon, essaient de se l'assurer en tâchant de la procurer, l'homme timide la rebute, le téméraire la révolte, les prudes la voient sans pouvoir la joindre, les coquettes la laissent sans la voir ; tout le monde la nomme, la désire, la cherche ; presque personne ne la trouve, presque personne n'en jouit ; elle existe pourtant, chacun la porte dans son cœur et ne l'aperçoit que dans les objets étrangers. Plus on s'écarte de soi-même, plus on s'écarte du bonheur : c'est ce que je vais prouver par l'histoire d'un père et d'une mère, qui, revenus de leurs erreurs, en firent le récit à leurs enfants, et sacrifièrent leur amour-propre au désir de les instruire.

Thémidore et Zélamire étaient deux époux qui s'étaient mariés par convenance, s'étaient estimés sans s'aimer, et en avaient aimé d'autres sans les estimer. Ils avaient eu des enfants, par amour pour leur nom, s'étaient ensuite négligés par dissipation, et s'étaient fait des infidélités réciproques ; le mari par air et par mode, la femme par vanité et par vengeance.

L'âge les rassembla ; ils reconnurent leurs erreurs en cessant de les faire aimer aux autres ; l'amour-propre leur avait donné des faiblesses, l'amour-propre les en avait corrigés : ils avaient cherché le monde pour y trouver des louanges, ils l'avaient quitté pour éviter des ridicules ; ils s'étaient désunis par ennui, et s'étaient réunis par ressource.

Ils formèrent tous deux le même projet sans se le communiquer, c'était de faire tourner leurs fautes au profit de leurs enfants.

Thémidore voulut raconter ses aventures à son fils Alcipe, pour lui faire connaître les écueils du monde. Zélamire voulut faire part des siennes à sa fille Aldine, pour lui en faire éviter les dangers.

C'est, je crois, la meilleure façon d'instruire des enfants. Il y a apparence qu'elle devint à la mode, car les jeunes gens ne font sans doute tant de sottises que pour amasser des matériaux pour la perfection de leurs descendants.

Voici le récit de Thémidore à son fils.

Histoire de Thémidore

« Depuis longtemps, Alcipe, je désire de vous ouvrir mon cœur, et de vous marquer ma confiance, bien moins en vous donnant des conseils, qu'en vous découvrant mes fautes ; vous oublieriez les uns, vous retiendriez les autres ; des préceptes sont plus difficiles à suivre, que des défauts à éviter : un modèle de vertu fait souvent moins d'impression qu'un modèle d'imprudence.

« J'ai été jeune : mon père, qui était plus rigide qu'éclairé, me donna une éducation dure et me dégoûta de la raison, en me l'offrant avec trop de sévérité ; il intimida mon esprit au lieu de l'éclairer, et dessécha mon cœur à force de réprimandes, au lieu de le nourrir et de le former par la douceur.

« Les premières leçons qu'on donne aux enfants doivent toujours porter le caractère du sentiment ; l'intelligence du cœur est plus prématurée que celle de l'esprit ; on aime avant que de raisonner, c'est la confiance qu'on inspire qui fait le fruit des instructions qu'on donne.

« Mon père n'en usa pas ainsi. Le titre de père me donna plutôt une idée de crainte que de tendresse, la contrainte où j'étais me fit prendre un air gauche qui ne me réussit pas ; quand je débutai dans le monde, mes raisonnements étaient assez justes, mais dépouillés de grâces, et bien souvent la bonne compagnie ne juge de la solitude de l'esprit que par son agrément.

« Mon père m'avait présenté dans quelques maisons, et m'avait répété bien des fois que le point essentiel pour réussir était d'être complaisant ; mais pour l'être, sans passer pour un sot, il faut de l'usage du monde dans celui qui a de la complaisance, et du discernement dans ceux qui en sont les objets ; il faut qu'on sache gré à quelqu'un de se prêter aux goûts différents des sociétés, et l'on ne peut pas lui en savoir gré qu'on ne lui en suppose de contraires qu'il sacrifie : vous êtes assez payé de vous plier à la volonté d'autrui, lorsqu'on est persuadé que vous pouvez en avoir une à vous.

« Mon esprit était trop intimidé pour me faire sentir cette distinction, les gens chez qui j'étais reçu étaient trop bornés pour l'apercevoir ; j'y allais tous les jours faire des révérences en homme emprunté, des compliments en homme sot, et des parties d'ombre[8] en homme dupe. En un mot, je les ennuyais avec toute la complaisance possible, ils me le rendaient avec toute la reconnaissance imaginable.

« Ce genre de vie me déplaisait fort, lorsqu'un jour de grande assemblée je crus, au milieu de trente visages hétéroclites, découvrir une femme qui, sans tirer à conséquence pour le lieu où elle était, avait une figure humaine ; je la regardai, elle le remarqua ; je rougis, elle s'approcha, je n'ai jamais été si embarrassé ni si flatté ; elle avait bien cinquante ans, mais je n'en avais que vingt ; ainsi elle était jeune. La conversation s'anima, c'est-à-dire, elle parla beaucoup, et je répondis fort peu ; mais comme toutes mes monosyllabes servaient de liaison à ses phrases, cela pouvait s'appeler une conversation. Je me souviens qu'elle me fit des avances très marquées. Je lui trouvai de la raison, elle en fut flattée parce qu'elle en manquait. J'eus le secret en peu de mots de dire plusieurs sottises ; elle loua mon esprit ; j'en fus enchanté parce que personne ne m'en trouvait. L'amour-propre noua nos chaînes, il en forme bien plus que la sympathie ; et voilà pourquoi elles durent si peu, c'est qu'on cesse de se flatter à mesure qu'on se connaît, et les liens se relâchent à mesure qu'on néglige le principe qui les a serrés.

« J'eus la hardiesse le troisième jour de lui offrir la main pour la ramener chez elle ; elle l'accepta, et je fus saisi de crainte dès l'antichambre. C'était mon premier tête-à-tête ; cela me paraissait

______

8   Ou hombre, « homme », jeu de cartes espagnol qui se jouait à trois, très en faveur en France depuis le XVIIe siècle.

une affaire décisive pour ma réputation ; je n'avais jamais rien à dire, et je voulais toujours parler ; je cherchais au loin des sujets de conversation, et je ne prenais point le style de la chose ; j'étais fort respectueux, parce que je ne connaissais pas son caractère ; elle était fort prévenante, parce qu'elle connaissait le mien.

« Enfin, après plusieurs propos vagues et forcés, qui marquent plus la disette d'esprit que le silence, nous arrivâmes à sa porte ; je prenais déjà congé d'elle lorsqu'elle me dit que l'usage du monde exigeait que je la conduisisse jusqu'à son appartement.

« — Madame, lui répondis-je très spirituellement, je n'osais prendre cette liberté-là.

« — Ah, vous le pouvez, monsieur, poursuivit-elle ; je ne crains point les jeunes gens.

« — Madame, répartis-je un peu décontenancé, vous êtes bien polie.

« En entrant dans sa chambre elle se jeta sur un sopha et me dit :

« — J'en use librement avec vous, mais je compte sur votre amitié.

« — Vous avez raison, madame, lui dis-je, je serais fâché de vous importuner.

« — Quel âge avez-vous ? dit-elle.

« — Vingt ans, lui répondis-je.

« — Ah ! bon Dieu, qu'il fait chaud aujourd'hui ! reprit-elle.

« — Madame, lui dis-je aussitôt, si vous voulez, je vais ouvrir la porte.

« — Gardez-vous-en bien, répliqua-t-elle, il n'y a rien de si malsain ; vous n'avez que vingt ans, dites-vous ? en vérité vous êtes bien avancé pour votre âge.

« — Ah ! madame, lui répondis-je, vous avez la bonté de dire cela parce qu'il y a longtemps que vous êtes amie de ma mère.

« — Mais voilà précisément ce qui n'est point, s'écria-t-elle avec aigreur, nos âges sont si différents ! Je ne l'en estime pas moins cependant. Et dites-moi, je vous prie, êtes-vous fort répandu ? avez-vous beaucoup de connaissances ?

« — Je vais tous les jours dans la maison où j'ai eu le bonheur de vous rencontrer.

« — C'est bien fait, dit-elle, ce sont de si bonnes gens ; il est vrai qu'ils ne sont pas excessivement amusants, mais en vérité leur commerce est sûr ; je m'en accommode assez, car je hais tant la jeunesse ; j'entends par la jeunesse, tous ces petits messieurs que les femmes gâtent si bien, et je ne sais pas ce qui leur en revient ; car ils sont la plupart si sots dans le tête-à-tête, et si avantageux en compagnie ; je vous distingue beaucoup au moins, en vous recevant seul.

« — Madame, assurément, lui dis-je, je n'en abuserai pas.

« — Je le vois bien, reprit-elle ; je suis assurée qu'il n'y a pas un jeune homme qui, à votre place, n'eût déjà été impertinent ; mais je dis fort impertinent.

« — Je serais bien fâché, repris-je, que cela m'arrivât.

« — Je ne suis point bégueule, continua-t-elle, et je n'exige pas qu'on soit toujours avec moi prosterné dans le respect : pourvu qu'on ne me manque point, voilà tout ce que je demande. Dites-moi, mon cher ami, n'avez-vous jamais été amoureux ?

« — Non, madame, lui répondis-je, car mon père ne veut me marier que dans deux ans.

« — Assurément, dit-elle, il doit être bien content d'avoir un fils aussi formé que vous l'êtes. Cependant, poursuivit-elle, je ne verrais pas un grand inconvénient que vous vous prissiez d'inclination pour quelque femme, pourvu que ce ne fût point pour quelque tête évaporée, qui, au lieu de vous former le cœur, vous prouvât que l'on peut s'en passer.

« — Ah ! que je m'en garderai bien, lui dis-je, cela nuirait à mon établissement, et ces choses-là sont contre l'honnête homme.

« — Mon cher enfant, répondit-elle, j'ai une grande vénération pour votre probité, mais il est tard, soupez avec moi.

« — Je ne le puis pas, madame, repris-je ; mon cher père et ma chère mère seraient trop inquiets.

« — Eh bien, allez-vous-en donc, dit-elle avec un air impatienté.

« Je lui obéis, et je sortis fort content de ma personne : j'aurais cru m'en être bien tiré si quelque temps après on ne m'avait pas dit qu'elle me faisait passer pour un sot.

« À force d'aller dans le monde, j'en pris insensiblement les usages, à force d'entendre des sottises je me déshabituai d'en dire ; mais à force d'aller avec des gens qui en faisaient je ne pus m'en dispenser d'en faire. De l'extrême simplicité je passai à l'extrême étourderie. Ces deux excès opposés se touchent, c'est le défaut de réflexion qui les produit tous deux : on ne s'en garantit qu'en s'accoutumant à penser ; mais c'est un parti que tout le monde ne peut pas prendre. Je remarquai que chacun vantait le bonheur et se plaignait du malheur ; je ne concevais pas pourquoi on avait la maladresse de trouver l'un plutôt que l'autre, et je n'avais pas encore assez de raison pour sentir que les routes qu'on prend pour arriver au bonheur sont presque toujours celles qui vous en éloignent ; je crus en savoir plus que les autres, et j'imaginai, comme tous les gens de mon âge, que la suprême félicité était d'être homme à bonnes fortunes. Ainsi, avec de l'étude et une sérieuse attention sur moi-même, j'acquis en peu de temps tous les ridicules nécessaires pour mériter ce titre ; j'eus beaucoup de respect pour moi, et beaucoup de mépris pour les femmes. Voilà le premier pas pour faire son chemin auprès d'elles ; je fis des agaceries avec une impertinence qui faisait voir combien je me croyais de grâces ; je me louai avec une confiance qui persuadait presque les sots de mon mérite, et j'eus des prétentions avec une effronterie qui fit croire que j'avais des droits. En un mot, je me donnai un maintien capable de déshonorer vingt femmes ; c'était un talent marqué dans un homme qui avait été aussi neuf que moi, aussi m'admirais-je perpétuellement ; car un sot est bien plus content de devenir un fat, qu'un homme d'esprit de devenir un homme de bon sens. Je manquai de respect à beaucoup de femmes, plusieurs s'en offensèrent sans que je m'en affligeasse, plusieurs m'écoutèrent sans que je m'en souciasse ; je fus très souvent téméraire, et quelquefois heureux : je séduisis des prudes en louant leur vertu, des coquettes en feignant de ne pas admirer leurs charmes, et les dévotes en déchirant tout l'univers.

« Mais je gardai toutes ces conquêtes aussi peu de temps qu'elles m'en avaient coûté ; le caprice me dégoûta des premières ; la légèreté m'enleva les secondes ; la fausseté me révolta contre les troisièmes ; ainsi ce bonheur prétendu que j'envisageais s'évanouissait toutes les fois que je croyais le posséder. J'ai remarqué souvent que tous les faux bonheurs ont un point de vue, comme certains tableaux dont les beautés diminuent et disparaissent à mesure qu'on en approche.

« Je m'étais cependant fait une réputation qui contribua à mon établissement : car qu'un jeune homme soit à la mode, il passe pour être aimable, et pour lors on ne s'informe pas s'il est raisonnable. On proposa à mon père un parti convenable, c'est-à-dire une fille riche ; j'acceptai la proposition ; l'entrevue se fit, la personne avait passé sa vie au couvent, elle me trouva admirable : on me fit jouer avec elle ; à peine ouvrit-elle la bouche pour nommer les couleurs, je lui trouvai beaucoup d'esprit et je me crus certain de son bon caractère. Après avoir pris des précautions aussi sages pour le bonheur de l'un et de l'autre, on nous maria ; et la troisième fois que nous nous vîmes, on nous fit honnêtement coucher ensemble en présence de trente ou quarante parents qui ne devaient jamais devenir nos amis. Le lendemain, ces messieurs s'égayèrent à nos dépens, avec cette légèreté lourde et gauche de gens qui sont dans l'habitude d'être plaisantés, et qui sont insupportables lorsqu'une fois dans leur vie ils se croient obligés d'être plaisants. Ma femme soutint leur mauvais propos sans se déconcerter, le plus fort était fait. Je vous avoue que le mariage, quoique fort respectable, m'a toujours paru un tant soit peu indécent : on oblige une fille de recevoir publiquement dans son lit quelqu'un qu'elle ne connaît pas, et elle est déshonorée d'y recevoir en secret quelqu'un qu'elle adore : que l'homme est étonnant ! Sa tête est un amas d'inconséquences, et cependant on l'appelle un être raisonnable, ce n'est assurément qu'un titre de convention. Zélamire et moi nous vécûmes assez bien ensemble pendant deux ans : elle parlait peu, je lui répondais encore moins, je croyais que la taciturnité faisait partie de la dignité d'un mari. Plus d'un ami me dit que ma femme avait de l'esprit, je leur dis pour leur marquer ma reconnaissance, que la leur avait le cœur tendre. Notre intelligence entre Zélamire et moi ne dura pas longtemps ; nos goûts, nos caractères, nos connaissances différaient en tout. Nous passions notre vie en petites contradictions qui jettent plus d'amertume dans le commerce que des torts décidés ; nous fûmes assez heureux pour perdre patience, assez sincères pour nous le dire, et assez sages pour nous séparer sans éclat, sans donner de scènes au public. Nous nous quittâmes comme deux époux qui se détestent sans manquer au respect qu'ils se doivent. Ma femme se retira dans une de ses terres, à ce qu'elle me dit, et moi je me livrai plus que jamais au monde.

« Enfin, après avoir éprouvé l'erreur de la dissipation et l'abus des bonnes fortunes, pour parvenir à la félicité, je crus l'envisager dans les honneurs, et je devins ambitieux. Vous voyez, mon fils, que je ne me fais pas grâce d'un seul de mes défauts, pour vous les faire éviter tous. Je ne savais pas quels chagrins je me ménageais ; la montagne des honneurs est bien escarpée, il faut ou trop de mérite, ou trop de mauvaise qualité pour y arriver ; mais on est aveugle sur soi-même, et parce que j'avais eu assez de talents pour faire le malheur de quelques femmes, je m'en croyais assez pour faire le bonheur d'un État ; je formai des brigues, j'intéressai pour moi plusieurs personnes que je méprisais, et qui ne m'estimaient pas. Je les éblouis à forces de promesses, je leur fis entrevoir une protection chimérique pour en obtenir une réelle. Enfin j'eus la place d'un homme estimé, mais je ne la possédai qu'autant de temps qu'il m'en fallut pour faire voir mon incapacité et mon ingratitude. L'injustice m'avait élevé, l'équité me déplaça ; je me retirai rempli de haine pour les grandeurs et pour les hommes ; mais désespéré de sentir que je n'en pouvais pas être regretté : on souffre bien plus des sentiments qu'on inspire que de ceux qu'on reçoit ; rien n'est si humiliant que de ne pouvoir pas être estimé de ceux qu'on a droit de mépriser ; un ambitieux permet le mépris, pourvu qu'il soit élevé, un homme déplacé soutient le malheur pourvu qu'il ne soit pas méprisé. J'allais mourir de chagrin d'avoir perdu un poste qui m'aurait fait mourir d'ennui, lorsque je rencontrai un sage qui dissipa mes ténèbres, et qui me montra le bonheur en me prouvant que jusqu'alors je n'avais fait que de changer de malheur. Il s'était comme moi instruit à ses dépens.

C'était un homme d'une ancienne noblesse ; il avait passé sa jeunesse avec des femmes, l'ambition l'en avait détaché et l'avait lié avec des hommes faux ; la raison l'avait corrigé de ce dernier travers, et l'avait déterminé à vivre à la campagne. Il avait d'abord été un agréable, ensuite un homme de cour, et il avait voulu finir en honnête homme. Je me liai intimement avec lui, sa probité gagna mon cœur, et sa sagesse éclaira mon esprit.

« Mon ami, me dit-il un jour, j'ai payé ainsi que vous le tribut aux fausses opinions ; j'ai cherché la félicité parmi toutes les erreurs, et je ne l'ai trouvée qu'après en avoir abandonné la recherche. Lassé du monde que j'habitais, je voulais être sous un autre ciel, sous un ciel où les âmes fussent aussi pures que l'air qu'on respire ; je me retirai ici, c'est le domicile de mes pères ; j'y vis avec mes voisins ; je leur découvre des vertus dont je fais souvent mon profit, et je ne leur trouve que des défauts communs, des défauts de province, des défauts qui tombent trop dans le petit, pour germer un seul instant dans un homme qui pense. J'oublie le monde, c'est un parti plus sûr et plus honnête que de déclamer contre, et j'éprouve que le seul moyen de devenir heureux est d'être philosophe.

« — Philosophe ! m'écriai-je, cela me paraît bien ennuyeux.

« — Je vois bien, reprit-il, que vous ignorez ce que c'est qu'un philosophe ; la philosophie conduit toujours au vrai bonheur, lorsqu'on se garantit de l'amour-propre. Cette philosophie n'est point une vertu âpre, telle qu'on se la représente, qui prend la causticité pour la justesse, l'humeur pour la raison, et le dédain pour un sentiment noble. La philosophie dont je parle est une vertu douce qui craint le vice, et qui plaint les vicieux ; qui, sans le moindre étalage, pratique exactement le bien, qui fait distinguer une faiblesse d'avec le sentiment, qui chérit, qui respecte tout ce qui serre les nœuds de la société, qui établit une parfaite égalité dans le monde, qui n'admet de prééminence que celle que donnent les qualités de l'âme, qui, loin de haïr les hommes, les prévient, les soulage, leur fait connaître les charmes de l'amitié par le plaisir de l'exercer, et qui tâche d'enchaîner tous les liens de l'amour et de la reconnaissance.

« — Ah ! lui dis-je avec transport, c'est vous seul que je prends pour mon guide ; je sens que je serais heureux si je ressemblais au portrait que vous venez de faire ; je ne m'étonne pas qu'il y ait si peu de vrais sages, il est plus facile de mépriser les hommes que de les soulager. Mais, continuai-je, avez-vous pu trouver ici quelqu'un digne de votre société ? La vertu, pour s'entretenir, a besoin de se communiquer.

« — Je me flatte, répondit mon philosophe, d'avoir une amie respectable ; c'est une femme retirée à une lieue d'ici dans l'abbaye de *** ; elle a vécu dans la dissipation ; sa tête lui a fait commettre plus de fautes que son cœur ; elle a connu trop de monde différent pour s'être acquis des amis ; elle s'est trop livrée au tourbillon pour avoir eu le temps de s'attacher des amants, presque tous les jours ont été marqués par de fausses démarches ; ses étourderies ont paru des faiblesses, le printemps de son âge s'est passé, la vivacité de son imagination s'est ralentie, elle s'est dégoûtée des plaisirs, elle a commencé à réfléchir ; elle a connu qu'elle avait fait tort à sa réputation, sans avoir fait subir d'épreuves à sa vertu. Et, en découvrant l'abus du monde, elle est venue sentir et goûter le prix de la retraite ; j'en partage toutes les douceurs avec elle ; je vais souvent la voir, je lui développe toutes mes pensées, elle me confie les siennes ; nous éprouvons que la véritable amitié, l'amitié délicate, l'amitié tendre et attentive ne peut guère subsister qu'entre deux personnes d'un sexe différent, qui sont parvenus à l'âge de mépriser l'amour. Ce que l'on doit aux femmes multiplie les égards, détruit les inconvénients de l'égalité, émousse les pointes de l'envie, rend les nuances de la sensibilité plus douces, et devient le principe d'une confiance plus liante et plus intime.

« Ce discours alla jusqu'au fond de mon âme ; il me rappela l'image de Zélamire :

« — Ne pourriez-vous pas, dis-je d'un air attendri, me faire connaître une femme si estimable ? Vous allez souvent à l'abbaye de ***, j'y dois faire une visite à une dame nommée Elmasie.

« — Elmasie répondit mon ami, d'où la connaissez-vous ?

« — Je ne la connais point, répliquai-je, mais ma femme, qui, depuis longtemps, vit loin de moi sans qu'aucune aversion nous ait désunis, m'a écrit de faire toucher sa pension à cette Elmasie, qui aurait soin de la lui faire tenir ; je ne puis en être si près sans aller lui rendre un devoir qui me paraît indispensable.

« — Vous en serez content, répartit mon ami, c'est elle-même dont je viens de vous faire l'éloge, je veux dès demain vous y présenter.

« — Cachez-lui mon nom, lui dis-je aussi ; je suis curieux de pénétrer, sans qu'elle me connaisse, l'opinion qu'elle a de moi ; je veux lui demander des nouvelles de Zélamire, de sa situation, de la vie qu'elle mène, des sentiments qu'elle a pour moi ; je n'ai jamais eu d'éloignement pour elle, nous ne nous sommes séparés que parce qu'elle voulait quitter le monde où je voulais rester ; je serais fâché qu'elle me méprisât ; je veux que ma femme me regarde comme un ami qu'elle ne voit point.

« — J'entre dans vos vues, me répliqua mon philosophe, et je les seconderai.

« Le lendemain nous exécutâmes notre résolution ; nous allâmes à l'abbaye, nous demandâmes Elmasie ; on nous fit entrer dans un parloir assez obscur ; je fus saisi d'une espèce de frémissement dont je ne pouvais me rendre raison à moi-même ; je redoutais une amie de ma femme, je sentais qu'elle ne pouvait pas avoir pour moi une parfaite estime ; c'est supporter la peine des reproches que de les deviner. J'étais agité de ces pensées, je gardais le silence de l'inquiétude, lorsque la porte s'ouvrit ; je vis entrer une grande femme qui avait le visage couvert d'un grand crêpe, je me sentis ému, mon ami me présenta comme un homme qui tirait parti du malheur pour devenir vertueux. Elmasie soupira, et dit d'une voix languissante :

« — Plût au ciel que l'époux de Zélamire imitât cet exemple ! Monsieur ! me dit-elle, je voudrais que vous le connussiez, je désirerais qu'il mît vos fautes à profit pour réparer les siennes, et pour se rejoindre à une femme qui est tombée dans quelques erreurs, qui a pu être blâmable, mais qui n'a jamais été méprisable ; elle a toujours aimé son mari, cette vertu fait sa consolation, et cependant la rend à plaindre.

« Ce discours interrompu par des soupirs, ces reproches pleins de tendresse, le son de voix qui les exprimait me dessillèrent les yeux en éclairant mon cœur.

« — Madame, lui dis-je en tremblant, je sais que Zélamire vous regarde comme son amie, et je vois qu'elle ne se trompe pas.

« — Je le suis encore plus de Thémidore, répliqua-t-elle ; Zélamire lui a caché sa tendresse par un excès d'égard, elle a été réservée de peur de l'importuner, elle savait que c'est l'importunité de l'amour qui conduit souvent à la haine ; cependant elle se reproche à présent sa froideur, c'est elle qui a pu causer l'éloignement de son mari ; si elle eût marqué davantage le désir qu'elle avait de lui plaire, elle eût peut-être empêché ses égarements : sans doute il est malheureux ; il va d'écueils en écueils, son infortune doit être au comble par l'humiliation de s'être toujours trompé.

« — Non, ma chère Zélamire, m'écriai-je en me jetant à ses genoux, il est au comble du bonheur puisqu'il vous retrouve : revoyez Thémidore, rempli de respect et d'amour pour vous ; le voile de l'erreur qui nous enveloppait tous deux est enfin déchiré ; nous touchons à la vieillesse, mais nous nous aimons, c'est être jeune encore, la raison répare en nous les outrages du temps ; s'il a changé nos traits, la vérité a rajeuni nos âmes, et la vertu va les confondre ; deux époux qui s'estiment à notre âge sont plus heureux que ceux qui ne sont unis que par le feu de la jeunesse, et le caprice des passions.

« Oui, mon cher Thémidore, me dit Zélamire, je pense comme vous, rien ne pourra nous séparer ; nous allons passer nos jours avec le respectable ami qui nous a réunis. La vie que nous mènerons deviendra le modèle du bonheur, notre conversation sera liante sans être fade, nous soutiendrons des opinions pour nous instruire, et jamais pour nous contredire ; je jure de vous aimer toujours, c'est un serment que j'ai rempli d'avance par l'impatience que j'avais de le former ; n'oublions pas cependant nos faiblesses ; rappelons-nous-les, moins pour nous en punir que pour en garantir nos enfants ; notre jeunesse leur a donné le jour, que notre vieillesse leur vaille un bien plus précieux, qui est la sagesse et le vrai bonheur.

« Après une reconnaissance si tendre nous retournâmes chez notre ami ; la pureté de notre amour sembla renouveler notre être : j'adore Zélamire, je la respecte, elle m'aime, nous sommes convaincus qu'il n'y a que la vertu seule qui donne la vraie félicité ; soyez-en persuadé, mon fils, connaissez-la, soyez-en digne, et je serai toujours heureux. »

Telle fut l'instruction de Thémidore à son fils ; je ne sais pas s'il en devint plus raisonnable, on en peut douter ; car M. de Fontenelle[9] dit que les sottises des pères sont perdues pour les enfants, et je vois tous les jours qu'il a dit vrai.

---

9 Bernard Le Bovier de Fontenelle (1657-1757), neveu de Corneille, qui commença par se faire une réputation de bel esprit et se rendit célèbre par ses traités de vulgarisation scientifique, comme les Entretiens sur la pluralité des mondes (1680).

Histoire de Zélamire

Je suis engagé maintenant à raconter l'histoire de Zélamire ; c'est ce que je vais faire sans aucun préambule, de peur d'ennuyer : car j'ai remarqué que je suis quelquefois sujet à ce petit accident.

« Ma chère fille, dit-elle un jour à la jeune Aldine ; je suis votre mère, vous avez quinze ans, vous êtes jolie, et cependant je suis votre amie. Je vais vous en donner la preuve en vous confessant toutes mes faiblesses : je vous connais assez d'esprit pour craindre que vous ne tombiez dans beaucoup d'erreurs. Mon premier soin pour vous en garantir a été de vous donner une éducation différente de la mienne. On m'a tenue dans un couvent jusqu'au temps de mon mariage : j'ai voulu vous élever sous mes yeux ; c'est un parti qui ne laisse pas que d'avoir ses inconvénients. Une fille qui accompagne sa mère est ordinairement droite, silencieuse, méprisante et caustique ; elle se tait, elle observe, elle récapitule, elle sourit et rougit souvent mal à propos ; et de fille dédaigneuse elle devient, en se mariant, impolie par faux air, contrariante par humeur, et facile pour paraître au-dessus du préjugé.

« J'ai prévu tous ces dangers, et pour les prévenir, j'ai cherché à ne pas vous en imposer. Je vous ai menée dans le monde, je vous ai même permis d'y parler, et en vous faisant craindre la honte de dire des sottises, je vous ai empêchée de critiquer celles que l'on disait : on a de l'indulgence pour les autres lorsque l'on croit en avoir besoin pour soi-même. Je vous ai laissée dire des naïvetés sans vous en reprendre ; j'en ai laissé le soin au rire de ceux qui les entendaient ; je pense même qu'on doit avoir bonne opinion d'une fille à qui il échappe quelques propos risibles. Si elle n'en tenait aucun, je la soupçonnerais d'être un peu trop instruite ; il faut bien que la naïveté soit une décence dans une fille ignorante, puisqu'elle devient un art dans une fille qui ne l'est pas.

« Jusqu'à présent vous avez rempli mes vues : votre caractère est liant, vous avez de la simplicité dans les propos, et de l'esprit dans le maintien : voilà les vertus extérieures de votre état. Mais vous en allez bientôt changer ; je suis sur le point de vous marier ; vous n'avez pas assez d'expérience pour éviter tous les travers que la fatuité des hommes et la malignité des femmes préparent à une jeune personne qui, dans le monde, est livrée à elle-même ; c'est pour vous en instruire que j'ai voulu vous entretenir et vous confier tous les écueils dans lesquels je suis tombée.

« Ma première sottise a été d'aimer mon mari sans me donner la peine de le connaître. On peut être presque sûr qu'une femme qui fait la faute d'aimer son mari au bout de huit jours fera celle de ne plus l'aimer au bout d'un an. Rien ne prouve tant un fonds de tendresse dans le cœur, et vous croyez bien qu'une femme tendre n'a pas beau jeu avec un homme qui ne l'épouse que par ce qu'on nomme dans le monde convenance. On traite une femme que l'on prend pour son bien, comme on traite une terre qu'on achète pour son revenu ; on y va passer huit jours par curiosité, on en touche l'argent et l'on n'y retourne plus ; cela est humiliant : il arrive que ce sont des étrangers qui font valoir et la terre et la femme. Voilà, à peu de choses près, le commencement de mon histoire.

« J'en reviens à mon couvent ; j'y étais caressée, gâtée et ennuyée ; les religieuses me confiaient tous leurs petits secrets, les vieilles me disaient du mal de la dépositaire, et les jeunes me disaient du bien de leur directeur : il y a des plaisirs pour tous les âges.

« Ma mère vint un jour m'annoncer qu'elle allait me marier : cela fit un grand effet dans ma tête ; j'en parlai le soir à mes chères amies, la mère Saint-Chrysostome et la mère de la Conception, qui me firent par conjectures un portrait du mariage à faire mourir de rire ; rien ne fait tant dire de sottises que l'envie d'en deviner une. Deux jours après je leur dis adieu, en leur promettant que dès que je serais mariée, je viendrais leur communiquer mes connaissances, et seconder leur pénétration de mon expérience. Le jour de mes noces arriva, et quoique j'eusse été prévenue par ma mère, je ne puis vous cacher, ma fille, que je fus étonnée ; je vous promets que vous le serez aussi. Votre père m'importuna beaucoup pendant les premiers mois ; il eut ensuite plus d'égards, je ne sais comment cela se fit ; je l'aimai vivement tant qu'il fut importun, je me refroidis quand il fut attentif ; il s'en aperçut, il devint froid aussi, et sur cet article nous jouâmes bientôt à fortune égale ; dès qu'il n'eut plus de sentiments, il me débita des maximes : un mari ne tarde guère à n'être qu'un pédant, avec qui on passe la nuit. Il voulut me présenter aux amis de ses parents. Rien n'est si cruel que des amis de famille : ce sont pour l'ordinaire de vieilles figures qui usurpent ce titre, parce que, depuis trente ou quarante ans, ils ennuient une maison de père en fils.

« La plupart de ceux qui venaient dans la nôtre étaient des gens à gros visages, qui mangeaient beaucoup et qui ne parlaient point, qui digéraient bien et qui pensaient mal ; c'étaient des conseillers fort honnêtes gens, qui se couchaient à onze heures du soir, pour être au palais le lendemain à sept ; des femmes qui se portaient bien, et qui prenaient du lait par précaution ; des filles qui vivaient de régime pour trouver à s'établir, en se donnant un air de raison, et quelques gros abbés plats et galants, qui faisaient des déclarations d'amour, et qui ne voulaient pas faire celle de leurs biens. Je pensai périr de tristesse, et je fus très certaine que lorsqu'on viendrait chercher la Félicité chez mon beau-père, on serait obligé de se faire écrire pour elle.

« Je fis connaissance avec des femmes de mon âge ; je les crus mes amies, parce que j'allais tous les jours au spectacle avec elles sans leur parler, et que nous soupions ensemble dans quelque maison où la maîtresse, désœuvrée jusqu'à dix heures, attendait tristement quatorze ou quinze personnes qui ne se convenaient guère. On y faisait la meilleure chère du monde ; mais la conversation était presque toute en lacunes : elle consistait dans quelques paroles vagues, qui étaient, pour ainsi dire, honteuses de rompre le silence général, et qui cependant avaient des prétentions à former l'entretien : on y répondait par quelques plaisanteries plates et détournées, par quelques jeux de mots, suivis de grands ris tristes et forcés, qui ne servaient qu'à faire sortir l'ennui. La gaieté est une coquette, elle refuse ses faveurs lorsqu'on veut les lui arracher. De tous les êtres féminins, c'est celui qui se laisse moins violer.

« Enfin on sortait de table, au grand soulagement de tous les conviés : car il n'y a rien de si ennuyeux que des cercles, et presque tous les soupers ne sont pas autre chose ; on jouait jusqu'à trois heures du matin, et l'on se séparait, persuadé qu'on s'était amusé. Pour moi, qui n'ai pas l'imagination vive, je me retirais chez moi, bien convaincue que, lorsqu'on est quatorze, le bonheur ne s'y trouve jamais en quinzième.

« Je rêvais perpétuellement au peu de Félicité qu'on trouve dans le monde ; je renonçai aux maisons ouvertes, et je me formai une société. Ce serait là sans doute qu'on trouverait le bonheur, si l'on était certain de ceux qui la composent ; mais on ne se connaît que pour s'être rencontrés, on ne se juge que par conjectures, on ne se lie que par prévention ; on en rabat à l'examen, on se confie par besoin, on se trahit par jalousie : la tracasserie se met de la partie, et mine sourdement ; la prétendue amitié se découd, la société se disperse, on se voit de loin en loin, et lorsqu'on se trouve, on se caresse et l'on se déteste. Je m'étais cependant conservé deux personnes dont je me croyais sûre ; c'étaient une vilaine femme et un bel homme ; la femme se nommait Célénie, et l'homme Alménidore : je jugeai à Célénie un fort bon caractère, parce qu'elle avait de petits yeux, et je pris Alménidore pour le plus honnête homme du monde, parce qu'il était bien fait. Parmi tous les jeunes gens qui me faisaient la cour, c'était celui dont les hommages me flattaient le plus ; ses regards étaient tendres, et je croyais que c'était son cœur qui les rendait tels. Ses discours remplis des louanges les plus fades, étaient, selon moi, dictés par le discernement le plus juste et le plus délicat ; il me jurait qu'il m'adorait : cela me paraissait une vérité incontestable ; quand je voyais des hommes en dire autant aux autres femmes, cela me paraissait une raillerie trop grossière. Alménidore ne me vantait jamais, sans rabaisser les autres : louer une femme par comparaison est une façon immanquable de lui tourner la tête ; cela flatte sa jalousie et sa vanité : il n'en faut qu'un des deux pour lui faire accroire qu'elle a le cœur tendre.

« Alménidore avait encore un talent bien dangereux ; c'était celui d'être amusant ; c'est de quoi l'on ne peut guère se garantir : quand vous serez dans le monde, ma fille, ne craignez jamais les hommes qui seront réellement amoureux : il n'y a rien de si triste que ces messieurs-là ! tous ces hommes à sentiments, qui ont de grands yeux blancs et fixes, qui poussent de gros soupirs, et qui sont toujours prêts à se tuer pour ramasser un éventail, ne sont nullement à craindre ; leur ridicule commence par faire rire, et finit par excéder.

« Mais défiez-vous de ceux qui ont assez de sang-froid pour épier et découvrir nos faibles, qui ont assez peu de sentiments pour faire usage de leur esprit, qui sont plus galants que tendres, qui ne font jamais de déclarations, de peur d'effaroucher, et qui vont chez les femmes pour les avoir, et non pour les aimer.

« Voilà ceux qui possèdent vraiment le grand art de séduire ; lorsque l'on est sans expérience, on ne les soupçonne de rien, on ne les regarde que comme des connaissances aimables, on rit avec eux sans scrupule, on s'accoutume à les voir, on a peine à s'en passer ; ils s'en aperçoivent, ils suivent toutes les gradations de la sensibilité, ils arrangent leur marche en conséquence, et la tête d'une femme est prise, avant que sa main soit baisée. »

Aldine, en cet endroit, interrompit Zélamire, pour lui faire cette question :

« — Ma mère, Alménidore n'était-il pas amusant ?

— Il l'était beaucoup, ma fille, répondit Zélamire ; mais par bonheur pour moi il devint amoureux : celui qui m'en fit apercevoir fut une grosse bête, ami de mon mari, qui se répétait sans cesse, et que par conséquent personne ne répétait. On peut s'en rapporter aux sots pour remarquer tout ; ils n'ont que cela à faire. Ils sont espions par malignité, et indiscrets par besoin de conversation. Celui-là me parla si souvent de l'amour d'Alménidore que je commençai à m'en douter ; je remarquai qu'il était moins gai, quoiqu'il voulût le paraître davantage, et qu'il prenait bien plus de libertés avec les autres femmes qu'avec moi. Je ne pus m'empêcher en secret de lui en savoir gré ; je causais quelquefois avec lui ; il devenait sérieux, et j'aurais été fâchée s'il eût été plaisant ; autrefois, il me disait sans conséquence qu'il m'adorait, et pour lors il rougissait du nom d'amour. Ces découvertes ne m'affligèrent point, je me défiai de ma faiblesse, je soupçonnai, je m'examinai, et je me convainquis. Il ne me restait de raison que ce qu'il m'en fallait pour être sûre que j'en avais beaucoup perdu, j'en eus cependant assez pour craindre les suites de mon penchant, et pour vouloir en arrêter les progrès.

« Je questionnai mon ami la bête, pour savoir ce qu'on pensait de moi ; il me répondit qu'il n'y avait qu'une voix sur mon compte, et qu'il passait pour constant que j'avais pris Alménidore : cependant je gardais trop peu de ménagements pour être condamnée ; on prend plus de mesures lorsque l'on est d'accord ; je demandai si mon mari avait quelques soupçons. "Ah ! bon Dieu, oui, me répondit-on, il est le premier à en plaisanter." J'en fus piquée, je l'avoue : il n'y a rien de si incommode qu'un mari trop jaloux ; il n'y a rien de si humiliant qu'un mari qui ne l'est pas assez ; mon amour-propre se révolta au profit d'Alménidore ; j'en vins même jusqu'à lui faire des agaceries en présence de Thémidore ; mais Thémidore n'en était pas ému ; il s'en applaudissait au contraire ; il paraissait me remercier ; il me lançait les épigrammes d'un homme plaisant, et jamais il n'y en avait une seule d'un homme piqué. J'étais outrée ; et dans ces dispositions, Alménidore me trouva seule. Vous tremblez pour moi, ma fille ; rassurez-vous, vous allez voir qu'il y a des vertus que l'on doit au hasard. Je commençai par prendre la chose au tragique ; je priai Alménidore de mettre fin à ses visites, que je n'ignorais point tous les propos qu'occasionnait son assiduité, et que j'y voulais mettre ordre. "Madame, me répondit-il, si je n'étais pas votre ami, et si j'étais de ces petits-maîtres[10] qui ne veulent que se donner l'air d'une

______

10 Le terme remonte au XVIe siècle, où des jeunes gens de la plus haute noblesse s'appelaient ainsi entre eux. Le mot revient à la mode vers 1685-1690 et le reste au XVIIIe siècle pour désigner, selon Voltaire, la « jeunesse impertinente et mal élevée ». Vers 1685, les petits-maîtres étaient de jeunes seigneurs

bonne fortune, je vous obéirais avec plaisir ; mais je suis trop honnête homme pour cesser de vous voir ; ce serait vous perdre de réputation : votre mari ne sera jamais accusé de vous l'avoir défendu, il ne vous fait pas l'honneur d'être jaloux." Alménidore me dit ces derniers mots d'un air ironique.

« — Monsieur, lui répondis-je, cela ne peut prouver que l'excès de sa confiance.

« — Cela prouve encore plus, répliqua Alménidore, son manque de sensibilité : voilà de ces choses impardonnables dans un mari ; et quand on ne les pardonne point, poursuivit-il d'un ton plus doux, il est aisé de les punir ; mais pourquoi lui voudrais-je du mal, c'est lui qui, par ses plaisanteries déplacées, vous a fait rougir le premier de mon amour ? Mon respect m'aurait toujours empêché de vous en instruire ; votre mari m'en a épargné la peine : je le regarde comme mon bienfaiteur.

« — Il me paraît, lui dis-je, que vous voulez lui marquer votre reconnaissance d'une façon bien singulière ?

« — Madame, dit Alménidore, l'équité me presse plus à son égard, que la reconnaissance.

« — Pour moi, monsieur, lui répondis-je, je ne suis point curieuse de pénétrer dans vos motifs ; mais je sais ce que je dois à moi-même, et je vous défends de me revoir.

« — Vous voulez apparemment, repartit Alménidore, passer pour volage, après avoir passé pour sensible ? Cela vous fera plus de tort que vous ne pensez, madame ; sans doute que je n'ai pas le bonheur de vous plaire ; je vois que je vous importune ; mais on ne le croit pas ; ceci aura tout l'air d'une rupture, je vous en avertis.

« — C'est-à-dire, lui répliquai-je, que pour prévenir une telle

---

compagnons de débauche, qui choquaient par leur tenue et leur comportement avec les femmes. Vers 1740-1750, le petit-maître guerrier de 1695 et le petit-maître galant de 1730 sont relayés par le petit-maître esprit fort, qui sera lui-même éclipsé par le « philosophe ». La forme féminine ne date que du début du XVIIIe siècle, mais elle survivra jusqu'à Balzac et Baudelaire. Voir Marivaux, Le Petit-maître corrigé, éd. F. Deloffre. Genève, Droz, 1955; L. Sozzi, « Petit-maître e giovin signore », Saggi e ricerche di letteratura francese, XII, 1973, p. 191-230.

opinion, vous voudriez que cela prît le tour d'un arrangement.

« — Madame, me répondit-il, votre réputation y est trop intéressée, pour que je ne le désire pas.

« — Voilà qui est admirable, m'écriai-je ; il va me prouver que je dois manquer de vertu, afin que l'on m'en croie.

« — C'est, me dit-il, la façon la moins pénible, et peut-être la plus sûre de se faire estimer ; si nous cessons de nous voir, on sera convaincu que nous nous sommes vus comme amants, et si nous nous voyons toujours, on se persuadera que nous ne pouvons nous voir que comme amis.

« — Mais il me semble, lui répondis-je, qu'entre homme et femme, on ne croit guère à l'amitié.

« — Du moins, reprit-il, vous y croyez, madame.

« — Comme cela, lui répliquai-je.

« — Comment, s'écria-t-il, serais-je assez heureux pour que vous ne fussiez pas mon amie ?

« — Voilà un bonheur d'une nouvelle espèce, lui dis-je.

« — Madame, poursuivit-il, cela en serait bien plus tendre.

« — Vous êtes insupportable avec vos conséquences, lui repartis-je d'un air embarrassé.

« — Me défendrez-vous toujours de revenir, me dit-il d'un ton languissant ?

« — Alménidore, lui répondis-je, en portant ma main sur mes yeux, que vous connaissez bien mon faible !

« En cet instant nous nous tûmes, et nous nous regardâmes ; il tourna la tête du côté de la porte, apparemment pour savoir si elle était fermée, et par bonheur, Célénie l'ouvrit et vint nous interrompre.

— Vous ne disiez plus rien, dit Aldine à sa mère, comment vous interrompit-elle ?

« — Ma fille, lui répondit Zélamire, vous éprouverez peut-être un jour que dans un tête-à-tête on n'est jamais interrompu davantage que lorsqu'on ne dit rien.

« Je ne pus pas douter de mes sentiments pour Alménidore, et je m'y serais livrée de plus en plus, si l'on ne m'eût pas avertie que cette Célénie, que je croyais mon amie, était ma rivale, et ma rivale préférée : on m'offrit de m'en convaincre, j'eus la faiblesse d'y consentir ; on me cacha dans l'appartement même de Célénie : elle ne fut pas longtemps sans y venir avec Alménidore ; la conversation ne fut pas longue : je le vis dans les bras d'une femme qu'il déchirait si cruellement en ma présence. À ce spectacle, je pensai m'évanouir ; ma fureur seule m'en empêcha. J'entendis le perfide me donner cent ridicules, et surtout me plaisanter sur ma crédulité ; ma rivale faisait à chaque instant de grands éclats de rire, il n'y avait que la joie qui interrompait le plaisir, J'eus la patience de les laisser sortir ; je me crus corrigée, je n'étais qu'humiliée : je bannis Alménidore sans retour ; il m'avoua qu'il n'avait aucun goût pour Célénie ; et il ne se justifia qu'en me disant que c'était une femme qui lui faisait du bien. Ce fut alors que j'appris, pour la première fois, que l'argent supplée souvent aux charmes ; je sentis qu'on doit plaindre les femmes qui en donnent, et mépriser celles qui en reçoivent ; je quittai mon système de sentiment pour trouver le bonheur ; mais je ne sus comment le remplacer, et je fus incertaine si je me ferais dévote ou bel esprit : car il n'y a personne qui tous les ans n'ait le choix d'une réputation nouvelle.

« Une femme de notre voisinage qui était sage avec éclat, et tendre avec mystère, pensa m'attirer dans son parti ; elle avait été assez belle, pour avoir été trompée dans sa jeunesse par plusieurs agréables ; après en être devenue la fable, elle s'en était détachée, et avait fait les honneurs de sa nation à quelques ministres étrangers, qui l'avaient trouvée fort étrange : de là elle s'était retirée dans une province, où elle se livrait à des officiers subalternes, qu'elle entrelardait pieusement de quelques bêtes à froc ; car dans tous les temps les moines ont été les troupes auxiliaires des femmes dérangées ; elle me confia tous ses secrets, et m'avoua ingénument qu'il n'y avait que les révérends pères qui eussent pu la fixer. Cela ne m'étonna point ; elle n'était plus jolie, et quand une femme est changée, elle cesse d'être changeante.

« Je ne me trouvai point assez voluptueuse pour me faire dévote, je me décidai pour le bel esprit ; je vis bientôt que c'est un état dans le monde : j'examinai les ouvrages de la plupart de ceux qui avaient examiné mes actions ; je fus recherchée, considérée, citée ; on vanta mes jugements, et jamais mon jugement ; à la fin je m'ennuyai de ne voir que des beaux esprits, qui très souvent manquaient d'esprit : je crus que je trouverais plutôt le bonheur avec des gens aimables ; je voulus les attirer, je voulus les séduire ; et sans m'en apercevoir, je donnai dans la coquetterie ; j'éprouvai que c'est un chemin où l'on trouve des fleurs et point de fruits : on marche toujours, l'on n'arrive jamais, et la réputation y fait naufrage en pure perte ; je fus bien convaincue que ce n'était qu'un plaisir de dupe.

« On ne se corrige que par les extrêmes, je voulus être réservée, et je fus prude ; je me mis entre les mains d'une petite femme qui avait un air sec, un teint pâle et une voix aiguë. Elle m'assura qu'elle avait trouvé le bonheur ; j'en fus surprise, je me défiais un peu du bonheur d'une femme sans rouge. Cependant je demandai en quoi il consistait. Dans la vertu, reprit-elle avec un ton suffisant ; venez chez moi, liez-vous avec mes sociétés, vous y trouverez cette Félicité qui vous est inconnue. Je la suivis, et je m'en repentis ; je me trouvai confondue avec un amas de commères, qui avaient le maintien droit et l'esprit gauche, vives par tempérament, et bégueules par décence ; elles prononçaient le nom de vertu, même en s'y dérobant ; elles succombaient plus au danger de l'occasion, qu'au charme du penchant ; mais leur faiblesse passée, elles reprenaient leur fierté pour en accabler froidement celui qui venait de la faire disparaître. Je renonçai à ce bonheur, je m'étais ennuyée de la coquetterie, qui est une fausseté gaie ; je fus révoltée de la pruderie, qui est une fausseté triste et tracassière : car la tracasserie n'habite que chez les prudes et chez les grands.

« Je m'étais si souvent trompée que je ne sus plus à quoi me déterminer : rien n'humilie tant la vanité que les méprises de l'amour-propre. Je tirai cependant un jugement favorable de ce qu'aucune de mes fautes n'avait pu me plaire : on n'est jamais sans espérance de trouver la vérité lorsqu'on n'a pas rencontré une erreur qui contente. Je voulus essayer de vivre plus en société avec votre père : il s'y prêta avec assez de grâce ; il ne vécut avec moi ni comme mari ni comme ami, mais comme une connaissance aimable ; nous ne nous estimions pas assez pour vivre ensemble : il me disait des choses galantes, qui cependant n'avaient aucun objet ; en un mot il se conduisait comme un homme qui n'a ni droits ni prétentions. Je me souviens qu'un jour il me trouva lisant une brochure intitulée Le je ne sais quoi.

« — Je connais cet ouvrage, me dit-il ; l'auteur y fait un grand éloge de ce je ne sais quoi, et l'auteur a tort ; le je ne sais quoi est toujours vu en beau, et serait toujours vu en laid, si on le connaissait bien. C'est à tort que l'on nomme ainsi le trouble de deux cœurs qui voudraient s'unir. Qu'un amant adore une femme aimable, ce qu'il sent pour elle, il sait bien quoi ; ce qu'il voudrait lui dire, il sait fort bien quoi ; et ce qu'il voudrait faire pour lui en donner des preuves, il sait encore mieux quoi. Cette femme que je suppose n'avoir jamais aimé, est touchée de l'amour de cet amant ; elle nous tromperait si elle nous disait qu'elle ne sait pas ce que c'est que ce sentiment qui se développe en elle ; elle y résiste, elle veut l'éviter, elle sait bien pourquoi.

« — Quel est donc ce je ne sais quoi, lui dis-je ?

« — C'est, me répondit-il, le serment qu'une femme fait d'aimer son mari qu'elle ne connaît point : comme il n'est fondé sur rien, c'est déjà un je ne sais quoi ; c'est le plaisir que le mari prétend lui procurer, qui est encore un je ne sais quoi, parce qu'il n'y a que l'amour seul, qui n'est presque jamais entre eux, qui fait savoir ce que c'est que ce bonheur ; c'est la jalousie de ce mari, qui est souvent fondée sur je ne sais quoi, et son déshonneur prétendu, attaché à la conduite de sa femme, qui est le plus je ne sais quoi de tous. Ainsi, puisque vous le voulez savoir, le je ne sais quoi est le génie des maris.

« Je ne pus m'empêcher de rire de cette peinture, surtout dans la bouche de Thémidore ; je ne sais rien de plus ridicule qu'un mari petit-maître : ses façons légères semblent défier une femme d'avoir un attachement ; je ne conçois pas que ce puisse être une vertu que de ne lui pas manquer, puisque c'est une justice que de lui être infidèle.

Enfin Thémidore eut assez peu de ménagements pour vouloir me raccommoder avec Alménidore : j'en fus surprise, je l'avoue, et le peu d'obstacles qu'il trouva en moi me fit sentir son imprudence. On arrangea un souper. Alménidore m'y parut plus volage et plus aimable que jamais. Célénie y était aussi ; elle n'aimait plus Alménidore, et s'amusait toujours avec lui : le goût qu'il lui avait inspiré était totalement passé ; elle ne s'en cachait pas. Voilà la différence qui est toujours dans la conduite des hommes et des femmes. Un homme qui a une affaire réglée ne se fait pas un scrupule de saisir toutes les occasions que le hasard lui donne. Une femme est plus délicate, mais elle aime peut-être moins longtemps : en général, les femmes sont plus inconstantes, et les hommes plus infidèles.

« Notre souper fut charmant : Célénie fut aussi gaie qu'une femme qui ne doit ses conquêtes qu'à sa beauté ; je devins son intime amie, et je sentis que cette union entraînait nécessairement le pardon d'Alménidore ; je ne pus cependant pas m'empêcher de lui faire des reproches très amers ; mais il me répondit que cette aventure n'était qu'un badinage : ce mot occasionna une dissertation qui fut appuyée sur plusieurs exemples, et ces exemples me démontrèrent clairement qu'à moins que d'assassiner, tout est badinage dans le monde.

« Notre partie fut suivie de plusieurs autres. Thémidore plut à Célénie ; heureusement pour elle, Thémidore avait beaucoup perdu au jeu, il avait besoin de ressources par conséquent : il trouva que Célénie avait encore de la fraîcheur. Il se vanta de nos soupers, il lui paraissait délicieux de se trouver en partie carrée avec sa femme ; il avait une maison de campagne, nous y allâmes passer quelques jours. Alménidore, à force de m'amuser, recommença à m'occuper ; il était si gai quand il me voyait que j'étais triste quand je ne le voyais pas ; je croyais même que ma tristesse faisait partie de ma reconnaissance ; Célénie était ordinairement présente à tous nos entretiens. Alménidore me demanda un jour si nous ne pouvions pas nous en passer : je répondis que cela était impossible, et cependant depuis cette question, je la trouvai toujours de trop : je lui faisais plus de politesses et moins d'amitiés ; plus elle m'importunait, plus je voulais le lui cacher ; je croyais lui faire des caresses, et je ne lui faisais que des compliments. Apparemment qu'elle s'en aperçut ; elle manqua un jour au rendez-vous ; je me trouvai seule avec Alménidore ; je fus d'abord effrayée ; il me donna tant de paroles d'honneur qu'il serait sage qu'il me rassura ; le temps était beau, il me proposa une promenade ; je crus, après tous les serments, la pouvoir hasarder. Il commença adroitement par être fort enjoué ; en m'amusant, il étourdit mes craintes ; insensiblement il fit tourner la conversation sur le sentiment ; il avança des propositions que je voulais réfuter, il les soutint ; en les prouvant, il se rendit intéressant ; je l'écoutai, je devins rêveuse, et je ne répondis qu'en soupirant, je m'aperçus de mon trouble ; je voulus retourner sur mes pas, mais nous nous étions égarés dans le parc qui était fort grand, et que je ne connaissais pas.

« — Voilà qui est affreux, m'écriai-je ! que va-t-on penser de moi ? en vérité cela n'est pas raisonnable.

« — Ah ! me dit-il, vous ne vous êtes tant écartée que par distraction.

« — Il est vrai, repris-je, que ce n'était que dans la vue de faire de l'exercice.

« — Pour moi, poursuivit-il, je ne me suis égaré que parce que je ne pouvais pas faire autrement : je suis si attentif à vous regarder, à vous entendre, à vous persuader, que je ne m'aperçois ni du lieu où je suis ni des routes qui peuvent m'y avoir conduit ; à vous dire le vrai, madame, continua-t-il, quand j'ai l'honneur d'être avec vous, je songe beaucoup plus à faire mon chemin qu'à retrouver le vôtre.

« — Alménidore, répliquai-je, voilà un propos qui ne va qu'à une petite-maîtresse ; je suis fâchée que vous me regardiez comme telle.

« — Il s'en faut bien, madame, reprit-il aussitôt, si je ne vous aimais pas, il y a longtemps que je vous aurais convaincue.

« — Mais en effet, lui dis-je pour détourner la conversation, je crois que vous avez abusé bien des femmes.

« — Celle qui les venge, me répondit-il, me les fait oublier.

« — Je m'aperçus qu'il rougit en disant ces mots, je ne fis pas semblant de le remarquer ; au contraire, je lui reprochai d'avoir été toujours trop entreprenant, et de s'être déclaré trop brusquement.

« — Lorsque j'en agissais ainsi, repartit-il, je n'aimais pas ; j'éprouve que lorsqu'on a une véritable passion, on n'ose pas la faire deviner.

« — Alménidore, dis-je, d'un air un peu troublé, changeons de conversation.

« — Vous voyez bien que vous en êtes l'objet, répondit-il, en me baisant la main.

« — Ah ! monsieur, lui dis-je, en la retirant brusquement, mais cependant pas autant que je l'aurais pu, je ne puis pas souffrir ces façons-là.

« — Voilà la première fois, poursuivit-il, que je vois une femme aimable s'offenser vivement de la justice qu'on lui rend.

« — Ce mot de vivement est de trop, répliquai-je, je serais très mécontente de moi si je ne me fâchais pas froidement.

« — C'est-à-dire, reprit-il, que vous me méprisez.

« — Mais, monsieur, m'écriai-je, où avez-vous pris qu'on vous méprise ?

« — C'est dans votre sang-froid, dit-il, qui est insultant à force d'être dédaigneux.

« — Ne dirait-on pas, répondis-je, que l'estime et l'amitié sont quelque chose de bien chaud ? Je vous estime, monsieur ; je veux bien être votre amie, mais il faut que vous ayez la bonté de vouloir bien en rester là.

« — Je voudrais pouvoir vous obéir, répondit-il, mais cela n'est pas en moi ; ainsi je ferai mieux de prendre demain la poste et de m'en retourner.

« — Comment, monsieur, lui dis-je, vous prétendriez me laisser ici entre Célénie et mon mari ? En vérité, vous voulez me faire jouer un joli personnage.

« — Madame, répliqua-t-il, je vous en proposais un autre qui n'était pas si indécent.

« — Alménidore, lui dis-je, asseyons-nous et parlons sensément.

« — J'y consens, reprit-il.

« (Je fis une faute de m'asseoir ; et je ne vous le dis, ma fille, que pour vous avertir d'y prendre garde quand vous serez seule avec un homme.)

« — Eh bien, madame, me dit Alménidore, me voilà prêt à vous entendre.

« — Parlez-moi avec vérité, lui dis-je, quel est votre but ?

« — Mon but, reprit-il, était de vous plaire, je vois bien que je n'y parviendrai pas à présent, mon dessein est de ne vous plus aimer ; je sens trop que le second projet ne réussira pas mieux que le premier.

« — Mais, m'écriai-je, quelle est cette idée-là de m'aimer, car je jurerais que cet amour s'irrite par la contradiction ?

« — Ah ! madame, me dit-il, ne m'accablez pas par vos doutes, c'est bien assez de vos rigueurs ?

« — Par exemple, lui dis-je, pour le consoler un peu, je vous crois fort honnête homme, mais je vous juge bien léger.

« — Est-ce à vous, madame, reprit-il, à reprocher des défauts dont vous corrigez ?

« Il me prit la main, je la lui laissai ; il la baisa, je me troublai, je m'en aperçus ; apparemment que je me défendais mal, car Alménidore me pressait davantage, mais cependant avec une vivacité mêlée de crainte ; je voulus l'intimider encore, en feignant de me fâcher.

« — Ah ! pour le coup, monsieur, lui dis-je, c'est pousser le manque de respect trop loin.

« Il se ralentit à ces mots ; j'étais rouge, il l'imputa à ma colère, je crois qu'il se trompait ; il me demanda le sujet qui m'irritait ; je le traitai d'impertinent ; ce mot le rendit immobile, et son immobilité me rendit la raison ; j'eus honte d'avoir été si près du danger ; je prenais le parti de m'éloigner, lorsque j'aperçus très près de nous Thémidore assis sur le gazon à côté de Célénie. Il ne me dit rien, mais je crus remarquer qu'il me raillait par ses regards ; je commençai à craindre qu'il n'eût été à portée d'entendre notre conversation, et je n'en pus pas douter le lendemain, car il nous proposa une promenade, et nous conduisit dans le même endroit, où nous trouvâmes un poteau nouvellement placé, sur lequel je vis ces mots écrits en très gros caractères : Route de l'occasion perdue.

« "Il y a peu d'allées couvertes, dit-il à Alménidore, qui portent le nom de celle-là." Alménidore fut interdit, et je fus confondue. Nous quittâmes la campagne le lendemain : je ne cessai pas de faire des réflexions ; je m'accablai moi-même de reproches ; la certitude où j'étais que Thémidore était instruit de ma faiblesse me le rendit insupportable : je lui déclarai que j'étais entièrement dégoûtée du monde, et que je voulais me retirer dans une de ses terres : nous nous séparâmes amicalement ; je le priai de m'oublier : je cherchai un asile dans l'abbaye de ***, où, sous le nom d'Elmasie, je touchai la pension que je m'étais réservée.

« J'appris depuis ce temps toutes les adversités de Thémidore, j'en fus attendrie ; j'oubliai tous ses procédés ; je pense que dès que l'on est malheureux, on cesse d'avoir tort. Nous nous sommes retrouvés, nous nous sommes réunis, nous sommes convenus de nos faiblesses : les avouer c'est vouloir s'en corriger. Depuis que nous vivons, je sens le calme renaître dans mon âme, je commence à connaître que je suis dans la route du bonheur. Deux époux se retrouvent toujours, il n'y a qu'un amour pur qui puisse rendre constamment heureux : nous jouissons d'une félicité parfaite, parce que nous jouissons de nous-mêmes, et que nous sommes parvenus à nous estimer.

Après ce récit, Aldine tint ce discours à Zélamire :
« Ma mère, je vous suis assurément bien obligée de vos instructions, j'espère que vos expériences me suffiront ; mais je ne puis m'empêcher de vous dire que vous l'avez échappé belle. »